Das Olympia-Projekt

Wir wollten nie wieder Planwirtschaft,
träumten von der sozialen Marktwirtschaft.
Wir kamen an, in der Konzern- und Bankenwirtschaft.
Nach einem langen, schweren Flug
ging uns der Treibstoff aus
und wir stürzten ab und schlugen auf.

Heinrich Kobert
Das Olympia-Projekt
So zerstört man Visionen

Bibliografische Information der Deutschen Nationalbibliothek
Die Deutsche Nationalbibliothek verzeichnet diese Publikation in der Deutschen
Nationalbibliografie; detaillierte bibliografische Daten sind im Internet über
http://dnb.d-nb.de abrufbar.

© 2009 Heinrich Kobert
Satz, Umschlaggestaltung, Herstellung und Verlag:
Books on Demand GmbH, Norderstedt
ISBN: 978-3-8391-5536-3

Inhalt

Danksagung

Ich widme dieses Buch der Belegschaft der Autohaus Halberstadt GmbH, die 13 Jahre einen guten Job gemacht hat, sowie allen Opel-Kollegen, die auch Opfer dieses »Projektes« geworden sind. Gleichzeitig bedanke ich mich bei Manuela und Julia für die aktive Unterstützung.

Vorwort

Olympia, da denkt man unweigerlich an faire Sportwettkämpfe, die alle vier Jahre die Sportfans in aller Welt begeistern. Mein Olympia ist ein Trauma! Denn diesen Namen benutzte ein Automobilkonzern Anfang des neuen Jahrtausends, um Händler zu vernichten. **Weniger Händler = Sanierung des Konzerns** lautete deren Formel. Dass damit Existenzen und Arbeitsplätze vernichtet wurden, interessierte diese »Topmanager« nicht. Ein weiterer schlimmer Nebeneffekt dieses Projektes war, dass viele Standorte in Deutschland in Zukunft ohne Händler blieben. Man hatte sich quasi selbst amputiert. Saniert hat sich der Konzern trotzdem nicht, heute steht er am Abgrund und ruft nach dem Staat.

Das Buch beginnt in der Zeit des Zusammenbruchs der DDR und ihrer Wirtschaft. Das war eine aufregende und chaotische Zeit voller Optimismus. Wir lebten dort und waren in der Autobranche tätig. Jetzt wollten wir einen Neuanfang in der Marktwirtschaft wagen, Automobilhändler werden. Man muss die besonderen Bedingungen der Betriebe kennen, um die Schwierigkeiten zu verstehen, die eine Umstellung auf die Marktwirtschaft bedeutete. Die DDR-Wirtschaft kannte nur drei Betriebsformen:
- Die volkseignen Betriebe und Kombinate, Eigentümer: der Staat
- Die Produktionsgenossenschaften, Eigentümer: die Mitglieder
- Privatbetriebe, Eigentümer: der Inhaber

Alle Betriebe arbeiteten nach einem Plan, der ihnen von staatlichen Behörden und Institutionen vorgegeben wurde. Das war die Planwirtschaft und über allem schwebte die Partei, die SED, die auf ihren Parteitagen die Richtung vorgab. Aber die Wirtschaft wurde immer mehr zur Mangelwirtschaft. Da die DDR-Wirtschaft bis auf Ausnahmen vom Weltmarkt isoliert war, musste improvisiert werden. Im Kraftfahrzeugbereich führten die Betriebe nur Reparaturen aus, der Verkauf von Fahrzeugen lag in der Hand des Staates. Wer ein neues Auto brauchte oder wollte, meldete sich an. Dann konnte es Jahre dauern. Also wurden die Autos immer älter und wertvoller und fielen auch kaum im Preis. Die in der DDR produzierten Pkw Wartburg und Trabant hinkten der internationalen Technik um Jahre hinterher. Des Weiteren gab es noch Pkw aus der Sowjetunion, der CSSR, Rumänien und Polen. Auch diese mussten bestellt werden und hatten ebenfalls lange Lieferzeiten. Westliche Pkw waren für den Normalbürger tabu. Bis 1989 war auch die Ersatzteilversorgung für alle in der DDR zugelassenen Fahrzeuge eine Katastrophe. Manchmal wurden die Teile einfach der Neuproduktion entzogen, dann kam es dort zu Problemen. Alles wurde geplant und geplant, aber nur auf dem Papier. Als 1989 die DDR politisch am Ende war, war es auch die Wirtschaft. Alle schöpften mit der Wende neue Hoffnung. Die Öffnung des Marktes forderte kurzfristige neue Strukturen und Umstellungen für alle DDR-Betriebe aller Betriebsformen, wenn sie überleben wollten. Für unseren Zweig bedeutete das, die Betriebe zu verkleinern, Verkaufsstrukturen aufzubauen, Kreditgeber zu suchen, Partner für den Autoverkauf zu finden und viel zu investieren. Damals hieß es: »Such dir eine deutsche Automarke, das ist sicher, das hat Zukunft. Die bauen die besten Autos.« Kollegen aus den alten Ländern, die beim Aufbau halfen, warnten: »Seid nicht so blauäugig, haltet euch bei den Investitionen zurück. Die Hersteller bestellen, ihr bezahlt.« Das sollte sich später alles als bittere Wahrheit erweisen. Aber wir wollten weg von der Planwirtschaft und freie Unternehmer sein und waren unbefangen, naiv.

Die Ereignisse sind real, Personennamen und Institutionen wurden teilweise verändert.

1. Kapitel   1989 bis 1992

Die Wende und die Treuhand

Nichts geht mehr

Es war ein Tag im September 1989. In Egeln, einem kleinen Ort bei Magdeburg, tagte die Kombinatsleitung des **Verkehrskombinates Magdeburg** (1) mit den Betriebsdirektoren, im Speiseraum dieses Betriebes. Der Raum war dunkel getäfelt und schlecht ausgeleuchtet, eine düstere Kulisse – Omen für die damalige Situation in der DDR.

Das Verkehrskombinat war ein Konzern mit über 9000 Beschäftigten, gegliedert in Kraftverkehrs- und Instandsetzungsbetriebe, die in zahlreichen Städten des damaligen Bezirkes Magdeburg ansässig waren.

Die Betriebsdirektoren trafen sich einmal im Monat, zur Kombinatssitzung, oft jeweils in einem anderen Betrieb des Kombinates. Das war verbunden mit einer Besichtigung der Firma, wo die Tagung stattfand. Man wollte den Chefs Anregungen für die Arbeit im eigenen Betrieb geben. Doch es gab kaum noch Anregungen, die Lage war prekär, es »klemmte« zu dieser Zeit in der DDR an allen Ecken und Enden. Hinzu kam, dass seit August des Jahres immer mehr Menschen, und damit auch Arbeitskräfte, der DDR den Rücken kehrten. Deshalb war heute ein wichtiger Tagespunkt: Wie viele sind wann und wo weg?

Ich nahm als Betriebsdirektor des Kraftfahrzeuginstandsetzungsbetriebes Halberstadt, kurz KI Halberstadt genannt, an dieser Sitzung teil. In Halberstadt gab es noch keine »Abgänge«. Mein Magdeburger

11

Kollege hatte jedoch einige »Abgänge« zu melden. **Der Kombinats-direktor (KD 2)** verlangte von ihm, dass er einen Maßnahmenplan unter Einbeziehung der Partei und der Gewerkschaft erstellen sollte. Es sollten vorbeugende Gespräche geführt werden, um die Fluchtgefahr einzudämmen.

Allgemeines Gemurmel in der Runde, Unruhe! »Glaubst du, dass das noch irgendetwas nützt? Es geht doch drunter und drüber in der DDR. Wir sind am Ende!«, argumentierte Amsdorf, **Betriebsdirektor vom KIB Magdeburg.** »Ich verlange von dir, dass du etwas tust! Wir müssen die Lage in den Griff bekommen«, herrschte Voigt, der KD, ihn an. »Die politische Lage hat sich verselbstständigt«, warf ich ein. »Seit Jahren eiern wir rum. Welche Argumente sollen wir den Leuten denn anbieten, damit sie hierbleiben? Wir können wegen fehlender Teile die Fahrzeuge nicht reparieren und der Lebensstandard sinkt immer weiter.« – »Gut, das ist nichts Neues«, reagierte Voigt gereizt, »aber ihr seid verantwortlich für die Betriebe und deren Belegschaft und ich verlange, dass ihr die Leute motiviert.« So ging die Diskussion hin und her und zeigte einmal mehr die hoffnungslose Lage, in der sich unser Kombinat und die gesamte Wirtschaft der DDR befand.

Früher wären solche Diskussionen undenkbar gewesen. »Heute kannst du alles sagen, aber keiner hört mehr hin«, dachte ich. Untergangsstimmung! Niemand hatte noch Lust, seinen Job zu machen. Pessimismus beherrschte die Sitzung.

Völlig demotiviert fuhr man wieder nach Hause. Wie sollte das bloß weitergehen, kam es noch schlimmer? Für die eigentlichen Probleme, Materialengpässe, fehlende Werkzeuge und anderes, gab es keine Lösungen. Also hieß es, weiterwursteln, es würde schon irgendwie gehen.

Am nächsten Morgen erhielt ich eine Mitteilung, dass ich am Nachmittag zur **Kreisleitung (5)** musste. Es gab eine wichtige Sitzung und es wurde erwartet, dass alle Betriebsleiter des Kreises Halberstadt erschienen.

Als ich dort ankam, waren kaum noch Parkplätze frei. Im Gebäude wimmelte es von Führungskadern, ich sah viele Bekannte, aber auch Leute, die ich nicht kannte. Für die vielen Leute reichte der große Saal nicht aus, also wurden wir auf mehrere Räume verteilt und sollten die Rede über Lautsprecher verfolgen. Ich traf Paul, der einen kleineren Betrieb leitete. Wir setzten uns zusammen. »Weißt du, was das soll?«, fragte ich ihn. »Ich glaube, es geht um die Montagsdemos in der Martinikirche«, meinte er. Dann hörten wir den Lautsprecher, Ecke, der 1. Sekretär der Kreisleitung, sprach. Nach allgemeinem Geschwafel zur politischen Lage kam er tatsächlich zur Montagsdemo in der Martinikirche von Halberstadt: »Genossen, wir beobachten mit Sorge das Tun in der Martinikirche. Dort treffen sich subversive Elemente und verbreiten Lügen über die DDR, verraten den Sozialismus. Das ist eine Konterrevolution! Wir werden ohne Rücksicht gegen diese Schweine vorgehen. Notfalls schlagen wir mit dem Knüppel dazwischen. Das ist eine Konterrevolution. Ich warne euch! Es soll auch einige unter euch geben, die dort hingehen. Ich wiederhole noch einmal: Wir schlagen mit dem Knüppel dazwischen. Das sind alles Schweine, einer wie der andere!«

Gemurmel und Unruhe waren aus allen Räumen zu hören, viele waren empört. Keine Ursachenforschung, warum sich die Leute trafen? In der Martinikirche wurde gebetet für eine bessere Zeit, sachlich diskutiert, die Leute wollten eine politische Wende, wie wir auch und Ecke nannte sie »Schweine«. »Das tue ich mir nicht mehr an«, sagte ich laut zu Paul und stand auf. »Der bekommt nicht mehr mit, was läuft!« Einige schauten mich an, nickten, standen auch auf und gingen raus. Niemand hinderte uns. Draußen diskutierten wir in kleiner Runde. Kam der Crash? Wie sollte es weitergehen? Wie auch schon in unserer Kombinatsrunde: Ratlosigkeit, Frust. Alle Betriebe hatten große Probleme, konnten nicht ordentlich produzieren, wie wir auch. Die Unzufriedenheit wuchs, von den Funktionären kamen keine Antworten. Die Demos in der DDR nahmen zu, der Jahrestag der DDR stand an. Die bange Frage lautete:

»Werden sie Militär einsetzen und wird dann sogar geschossen?« Immer mehr Betriebsleiter verließen die Kreisleitung. Man sah es an den Gesichtern, dass Ecke ganz, ganz schlecht angekommen war.

Unser kleiner Aufstand vor der Wende

Am nächsten Morgen waren meine Fachdirektoren und Betriebsleiter bei mir. Ich berichtete von der Tagung in der Kreisleitung und der Entgleisung des Kreissekretärs Ecke. Alle schüttelten den Kopf. Einige waren schon bei der Montagsdemo in der Martinikirche gewesen. Da ging es friedlich zu, die Leute machten sich nur Gedanken zur Lage in der DDR und zur Massenflucht über Ungarn. Sie wollten verändern, meinten viele. Ich diskutierte die Umsatzsituation zum Jahresende mit meinen Direktoren. »Wir werden mit Sicherheit den Plan nicht erfüllen können«, erläutere ich. »Überall gibt es Wartezeiten wegen fehlender Teile, sowohl bei den Pkws als auch den Lkws.« Die Kunden und die Belegschaft waren sauer, die Lkw der Materialwirtschaft kamen immer häufiger mit kleinen Kisten zurück, die Fehllisten wurden länger. »Diese Mangelwirtschaft ist zum Kotzen. Warum tue ich mir das weiter an, Direktor dieser Firma zu sein?«, dachte ich bei mir.

»Ich kann aber nicht hinschmeißen, die Leute setzen auf mich. Am Ende wird wieder die Jahresendprämie gestrichen. Sie erklären dir, dass du unfähig bist, obwohl du wegen der Missstände gar keine Chance hast, den Plan zu erfüllen.« Der Plan, war jedes Jahr eine Farce. Ich erinnerte mich an ein Führungsseminar des **Ministeriums für Verkehrswesen (6)** in Zabeltitz im vergangenen Jahr, wo Führungskader der Reichsbahn, der Verkehrskombinate, des Straßenwesens und anderer Firmen, die zum Verkehrswesen der DDR zählten, geschult wurden.

Dazu gehörten auch wir als Kfz-Reparaturbetriebe. Bei dem Führungsseminar sollte ein stellvertretender Minister auftreten. Nach mehreren Ankündigungen erschien er am letzten Tag tatsächlich! Er war ein relativ junger Mann namens Apfel. »Sie müssen schon entschuldigen, dass ich erst jetzt komme, aber ich bin jetzt das dritte Mal beim Chefplaner Mittag mit unserem Plan für das kommende Jahr rausgeflogen. Nichts passt mehr! 11 Millionen Eisenbahnschwellen zersetzen sich, Brücken sind in der Tragfähigkeit eingeschränkt und müssten erneuert werden. Beim Straßenbau fehlt das Geld, Busse und Lkw in den Kombinaten sind überaltert. Schlimm ist es im grenzüberschreitenden Verkehr. Da haben wir schon Probleme, über die Grenze gelassen zu werden wegen der Mängel an den Autos. Ihr kennt ja die Probleme bestens, aber die da oben im Politbüro sehen nicht mehr durch.« Seine Offenheit war schockierend. »Weiter sparen, regenerieren, rationalisieren sind die Sprüche der alten Herren im Politbüro, aber damit können wir nicht leben.« Die Argumentation des stellvertretenden Ministers hatte alle Anwesenden natürlich voll motiviert und deutlich gemacht, in welcher Situation die Volkswirtschaft der DDR tatsächlich steckte.

»Was können wir noch machen?«, fragte mich einer meiner Fachdirektoren. »Druck machen, die alten Leute im Politbüro aufrütteln, so wie es das Neue Forum tut!«, antwortete ich. »Entweder wir gehen unter oder es ändert sich was. Wir machen Folgendes«, schlug ich vor, »am 1.11. setze ich eine erweiterte Vertrauensleuteversammlung an, dort werden konkrete Vorschläge zur Verbesserung der Lage entwickelt und es wird ein offener Brief an den Minister geschrieben mit dem Ziel, ihn vor Ort einzuladen. « – »Ganz schön gewagt«, entgegnete der Parteisekretär, »das kann dich den Kopf kosten.« – »Was haben wir zu verlieren?«, entgegnete ich. »So kann es nicht mehr weitergehen! Ich werde den Kombinatsdirektor erst informieren, wenn der Brief weg ist. Also, lasst es uns versuchen, macht entsprechende Vorschläge. Informiert eure Leute und schickt welche, die auch etwas sagen in dieser Veranstaltung, unserem Forum.«

Am 1.11. war es dann so weit, unser Forum fand statt! Der Speisesaal war bis auf den letzten Platz besetzt, die Stimmung unter den Mitarbeitern war gereizt. Ich ging auf die derzeitige politische Situation ein und argumentierte, dass es jetzt darum ginge, eine Wende herbeizuführen. Ich erläuterte die Idee mit dem Brief und bat um entsprechende konstruktive Unterstützung. In sehr vielen Diskussionen kam Pessimismus darüber zum Ausdruck, ob sich in der DDR noch etwas ändern würde, zu lange ging es schon abwärts. Schließlich kamen doch noch Vorschläge von den Mitarbeitern und wir einigten uns auf den Rahmen des Schreibens.

Es sollte vom Betriebsdirektor, dem Parteisekretär und der Gewerkschaft unterschrieben werden, damit der Betriebsdirektor nicht allein »im Regen« stünde, falls es Ärger geben sollte, und der war absehbar. So geschah es dann auch. Am 4.11. schickte ich den offenen Brief an den Minister für Verkehrswesen, unseren obersten Dienstherren, wohl wissend, dass dieser Schuss nach hinten losgehen konnte. Wir prangerten die Zustände in der Kfz-Instandsetzung an und stellten gleichzeitig Forderungen nach mehr Selbstständigkeit für die Betriebe, Veränderung der Lohnstrukturen, Schluss mit der Abstellung von Arbeitern für Berlin, Veränderung der Garantieleistungen und vieles andere mehr. Zündstoff ohne Ende.

Der Brief endete mit den Worten »... da Sie nicht nur der Minister der Eisenbahner sind, sondern auch unser Minister, laden wir Sie oder einen kompetenten Stellvertreter ein, um vor Ort die gegebenen Hinweise zu diskutieren und Lösungen zu finden.«

Jetzt musste ich auch den Kombinatsdirektor informieren. Ich rief ihn an, doch er ließ mich gar nicht ausreden. »Was hast du gemacht? Das kann dich den Kopf kosten. Ich erwarte dich zum Gespräch, heute um 16.00 Uhr, sofort!«, brüllte er durchs Telefon. »Spinnt ihr denn alle?«, endete er.

Also machte ich mich auf den Weg nach Magdeburg, um mit ihm persönlich zu reden. Ich hatte erwartet, dass er so reagieren würde und mich entsprechend gewappnet. Als ich eintraf und mich bei seiner Sekretärin meldete, merkte ich, dass die Luft »brannte«. Aus dem

Arbeitszimmer des Kombinatsdirektors hörte ich erregte Stimmen diskutieren. Ich musste noch eine Weile warten. Dann ging die Tür auf, Amsdorf, der Betriebsdirektor vom KIB Magdeburg, kam mit hochrotem Kopf heraus. Nach der Begrüßung sagte er zu mir: »Ich hab die Schnauze voll, ich lasse mich ablösen!« Ich konnte nicht mehr fragen, was ihn bedrückte, denn ich musste rein.

Voigt, der Kombinatsdirektor (KD), war im Hemd. Er begrüßte mich mit den Worten: »Du fehlst mir heute noch.« Am Besprechungstisch saß auch Mittag, der Sicherheitsberater des Kombinatsdirektors (Offizier der Staatssicherheit). »Du hast also einen Brief an den Minister geschrieben, wir würden ihn gerne mal lesen.« Ich reichte beiden eine Abschrift zum Lesen. Es war still im Raum, ich beobachtete den KD und Mittag auf Reaktionen.

Als Voigt fertig war, blickte er zu Mittag. Der schwieg. »Was erwartest du?«, wandte er sich schließlich an mich. »Ich erwarte, dass es politisch und wirtschaftlich zu einer Wende kommt, dass man die Basis hört, sonst hat es keinen Sinn mehr, die DDR ist am Ende und die Betriebe auch!« – »Derzeit macht hier jeder, was er will, immer an mir vorbei,« sagte der KD. »Die Zeit fordert Lösungen, wir sind selbstständig«, entgegnete ich. »Man kann nicht jede Sache vorher absichern. Ich stehe dazu, mit allen Folgen.« – »Der Uwe trägt aber die Verantwortung, auch gegenüber dem Bezirk. Man wird ihn fragen, was das für Kader sind, die unsere Betriebe leiten«, warf Mittag ein. »Ich handele nicht nur für mich, sondern auch für die Belegschaft. Wir haben das in einer Belegschaftsversammlung diskutiert. Die Leute sehen keine Zukunft mehr, deswegen hauen sie ab!«, war mein Argument.

So ging die Diskussion hin und her. Ich spürte, dass Voigt und Mittag Angst hatten, für meine Aktion mit dem Brief bestraft zu werden, obwohl auch sie die Situation durchaus realistisch einschätzten. Sie sagten es nur nicht so deutlich. »Ich werde Peter Potsdam von der Abteilung Verkehr des Bezirkes informieren. Warten wir es ab, was er dazu sagt. Du hörst von uns«, beendete Voigt das Gespräch. So fuhr ich nach Hause, ohne recht zu wissen, was ich von dem Gespräch halten sollte und was jetzt folgen würde. Denn ohne Reaktionen würde das nicht bleiben, das war mir klar. Danach überschlugen sich die politischen Ereignisse in der DDR, so dass ich nicht weiter zum Nachdenken kam.

Der 9. November 1989

Ich saß vor dem Fernseher. Dort lief gerade die Pressekonferenz mit Schabowski zum wiederholten Mal auf allen Sendern. Ich hörte mehrmals die Worte Schabowskis über Reiseerleichterungen und stutzte. Ich rief meine Freundin: »Komm bitte mal schnell, der sagt, die Grenze wird geöffnet!« Wir schauten fassungslos, lauschten den Kommentaren, konnten es nicht glauben. Dann kamen die ersten Bilder aus Berlin. Unfassbar! »Das kann nicht wahr sein!«, schrie ich. »Die lassen die Leute durch! Irre!« Wir kamen kaum zum Schlafen, so aufgewühlt waren wir. Was würde jetzt passieren? Das war ein Quantensprung!

Am nächsten Tag in der Firma diskutierten überall die Leute. Einige berichteten, dass sie schon drüben gewesen seien. Über Bad Harzburg. Sie waren begeistert, hatten gefeiert. Doch wie ging es jetzt weiter? Blieb die Grenze offen? Nun überschlugen sich die Ereignisse. Jeden Tag zogen »Karawanen« gen Westen. Die Leute waren happy und vergaßen die wirtschaftliche Situation ein bisschen. Honecker wurde gestürzt und durch Krenz ersetzt. Jetzt, so hofften wir, würden sich die Verhältnisse in der DDR grundlegend ändern. Das war die Chance für einen Neuanfang!

Erst nach 14 Tagen unternahmen wir selbst den Versuch, über Mattierzoll nach Niedersachsen zu fahren, um mal in den Westen zu schauen. Das war ein Abenteuer. Erst musste man stundenlang warten, um zu tanken. Die zwei Tankstellen in der Stadt waren total überfordert. Anschließend ging es über Schleichwege zur Grenze, doch viele hatten die gleiche Idee gehabt. Aus allen Richtungen kamen Autos, Autos ohne Ende. Stundenlang stehen, Schritt für Schritt weiter vor. Dann endlich, die Grenze in Sichtweite. Aufregung! Die Grenztruppen hatten Bungalows als provisorische Grenzhäuschen errichtet. Man schwitzte unmerklich, als man dran war. Wir zeigten unsere Ausweise, es klappte. Stempel rein und durch. Drüben ein Spalier von Menschen, die klatschten, Schokolade in die Fahrzeuge warfen, uns freundlich begrüßten. Dann endlich waren wir im Westen! Wir fuhren wieder Auto an Auto, sahen die roten Dächer der Häuser, die Bäume waren sauber geschnitten. Wir waren begeistert! Das hätten wir uns in unseren kühnsten Träumen nicht ausmalen können, einmal ohne Probleme mit Auto in den Westen zu fahren. Für uns war es der Mond und jetzt landeten wir. Schöppenstedt, die Eulenspiegelstadt in der Nähe von Wolfenbüttel, war unsere Station. Nach längerer Suche nach einem Parkplatz betraten wir erstmals den Boden der Bundesrepublik. Unfassbar wie ein Traum!

Auf dem Marktplatz ein buntes Treiben. Till Eulenspiegel begrüßte uns vor dem Rathaus, hier holten wir auch unser »Begrüßungsgeld« ab. Dann wagten wir uns zum ersten Mal in einen Supermarkt. Die Eindrücke waren überwältigend. Das riesige Angebot, die Farben. Am Ende kauften wir Kleinigkeiten, Kosmetika, Schokolade, wir wollten ja nicht gleich alles ausgeben. Essen taten wir im Auto – die mitgebrachten Schnitten und Kaffe gab es aus der Kanne.

Dann schauten wir uns noch das Städtchen an. Der Unterschied zur grauen DDR war erschreckend. Es war klar, warum man uns nicht rausgelassen hatte. Spätabends fuhren wir zurück, voll von Eindrücken, fasziniert und deprimiert zugleich.

Ein paar Tage später bekam ich einen Anruf vom Büro des Ministers. Eine Mitarbeiterin war dran. »Es geht um Ihr Schreiben vom 4. November. Der Minister hat seinen Stellvertreter Dr. Alt beauftragt, den Termin in Halberstadt persönlich wahrzunehmen. Ich möchte einen Termin mit Ihnen abstimmen«, sagte die Dame. Wir einigten uns auf den 4. Dezember. Sie bat mich, einige Fragen vorab an das Büro zu senden, damit der Minister sich vorbereiten könne. Also hatte der Minister doch noch reagiert! Die aktuellen Ereignisse waren bestimmt der Grund dafür, dass man schließlich doch noch reagierte. Jetzt musste ich die Vorbereitungen für diese Veranstaltung anlaufen lassen.

Ich wollte natürlich auch die Presse einbeziehen und den Kombinatsdirektor einladen. Meine Mitarbeiter und ich waren natürlich gespannt, was diese Veranstaltung bringen würde.

Die Stasi ist noch da

Am 22. November hatte meine Freundin Geburtstag. Wir hatten mittags einen Tisch bestellt und wollten im Hotel Sankt Florian eine nette Stunde verbringen. Nach dem Essen kam ein Kellner an den Tisch: »Sind Sie Herr Kobert? Ein Anruf für Sie.« Meine Sekretärin war dran, sie sprach aufgeregt: »Hier sind ein paar Herren vom Kombinat. Ich kann nicht laut reden, die wollen eine Untersuchung durchführen. Es wäre besser, wenn Sie kämen.«

Also machte ich mich auf den Weg zur Firma, grübelnd, was sie von mir wollten. Die Reaktion auf den Brief? Als ich im Betrieb ankam, waren in meinem Vorzimmer fünf Herren. Zwei, den Justitiar und Mittag, den Sicherheitsberater, kannte ich. Ich begrüßte sie und scherzte: »Was gibt es so Wichtiges, dass ihr extra aus Magdeburg ohne Anmeldung hier erscheint?« Die Gesichter wurden ernst. »Ich möchte dich sprechen«, sagte Paul der Justitiar, sicherlich der Leiter der Delegation. Ich bat ihn in mein Arbeitszimmer.

Als wir drin waren, zeigte er mir ein Schreiben. Darin wurden massive Beschuldigungen gegen mich erhoben. »Was soll das?«, fragte ich ihn. »Von wem ist das?« Keine Antwort. »Du musst verstehen, wir müssen das prüfen.« – »Das ist ungeheuerlich, Schwachsinn!«, entgegnete ich sauer. »Gut, dann fangen wir also an«, sagte ich. Als

Erstes gingen wir in das Wohnhaus, das zum Betriebsgelände gehörte, und sahen uns den Keller an. Hier sollte ein Fitnesscenter entstehen, der Schreiber aber behauptete, es solle ein Puff werden. Natürlich war noch nicht begonnen worden, so dass man auch nichts sehen konnte. »Denkt ihr, wir bauen hier einen Puff?«, fragte ich. So ging es weiter. Alle Anschuldigungen erwiesen sich als falsch. Wir waren noch einmal in meinem Arbeitszimmer zur Auswertung. »Wir müssen diesen Hinweisen der inoffiziellen Mitarbeiter der Stasi nachgehen«, entschuldigte sich Paul, der Justitiar. »Ich dachte, das sei vorbei und wir hätten wichtigere Probleme«, entgegnete ich wütend. »Du hast dir in den letzten Wochen und Monaten nicht nur Freunde geschaffen«, sagte Paul. »Pass auf, dass du nicht über das Ziel hinausschießt. Das ist eine Warnung!«, ergänzte er. Nach dieser Aktion dachte ich noch lange über seine Worte nach.

Das Forum mit dem Minister

Dann war es endlich so weit, der 4. Dezember, das Forum mit dem Minister! Der Saal war proppenvoll. Die Presse war auch anwesend. Der Minister, der Kombinatsdirektor und ich nahmen im Präsidium Platz. Nach der Begrüßung bedankte sich der Minister artig für die Einladung. Er argumentierte, dass ja in den letzten Wochen einiges in der DDR passiert sei und dass auch im Verkehrswesen daran gearbeitet werde, neue Lösungen zur Verbesserung der Lage in den Betrieben zu schaffen.

Es wurde eine offene und kritische Diskussion. Keiner nahm mehr ein Blatt vor den Mund. Die Presse schrieb später: »Damit wir aus dem Teufelskreis herauskommen, unterbreiteten die Werktätigen dem Minister konkrete Vorschläge.« Ich gewann jedoch immer mehr den Eindruck, dass die DDR ihre Probleme nicht mehr alleine lösen konnte. Der Auftritt des Ministers bei uns zeigte, wie hilflos man selbst in der Regierung war. In der Auswertung der Veranstaltung sagte ich meinen Führungskadern, dass ich glaubte, dass die DDR ohne Hilfe aus dem Westen keine Wende vollziehen könne, weder politisch noch wirtschaftlich.

Ich sollte recht behalten. Die Rufe nach der D-Mark wurden immer lauter und bestimmten rasch die politische Entwicklung. »Wir müssen uns im Westen umsehen! Wie funktionieren die Autohäuser, der Autohandel? Wir müssen eigene Lösungen finden, damit wir die Zukunft nicht verpassen! Dabei hilft uns keine Regierung mehr und auch kein Kombinat«, sagte ich zu ihnen. Die Dynamik des Untergangs der DDR nahm zu.

Die Suche nach einem Automobilvertrag und die Umwandlung in eine GmbH

Ende Dezember bekam ich Besuch von einem Ford-Händler aus Salzgitter, Gerhard Leid. Wir unterhielten uns sehr lange und angenehm. Er teilte meine Meinung über die weitere Entwicklung der DDR und ihrer Betriebe. Er lud mich nach Salzgitter ein. Es würde ein Treffen mit der Kfz-Innung stattfinden, bei welchem man den Kollegen aus der DDR mit Rat und Tat beistehen wollte und uns Wege für die Zukunft aufzeigen wollte. Ich sagte spontan zu.

Ende Januar 1990 machte ich mich mit meinem Kollegen Otto Freud, dem Vorsitzenden der **PGH (8)**, und unseren Frauen im Wartburg auf nach Salzgitter. Die Kfz-Innung hatte für uns Hotelzimmer in einem renommierten Hotel geordert. Neben Otto Freud und mir waren noch weitere Chefs von Kfz-Betrieben aus den Bezirken Magdeburg und Halle eingeladen. Wir hatten erstmals die Möglichkeit, Autohäuser von innen zu sehen und hinter die Kulissen zu schauen.

In der DDR gab es ja keinen Autoverkauf über Kfz-Betriebe, dies erfolgte zentral über den **IFA-Vertrieb (9)**. Das hieß, man musste sich anmelden und dann konnte es Jahre dauern. Ich hatte zum Beispiel eine Anmeldung für einen Lada laufen, und die war von 1973. Bis dato hatte ich noch nie einen Neuwagen gehabt!

Wir staunten natürlich über die Glaspaläste und die Ausrüstung. In der Zusammenkunft erfuhren wir alles über Betriebsformen, Vertriebsformen und vieles mehr. So etwas kannten wir überhaupt nicht. Auch die Größe der Betriebe unterschied sich erheblich von unseren. Während mein Betrieb 350 Mitarbeiter zählte und vom Motorrad bis zum Lkw alle in der DDR verfügbaren Typen reparierte, hatten diese Firmen eine Automarke und maximal 25 Mitarbeiter. Es waren zwei tolle Tage, die uns die Augen dafür öffneten, wohin unsere Reise gehen konnte und musste. Gleichzeitig gaben sie uns noch den Rat mit auf den Weg, wenn wir dann einen Vertragspartner hätten, nicht alles zu tun, was der von uns verlangte, vor allem nicht unnötig zu investieren! Aber das registrierten wir damals nicht, obwohl es sich später als bittere Wahrheit erweisen sollte.

Von nun an beschäftigte ich mich intensiv mit dem Kfz-Markt der BRD, den Betriebsstrukturen. Wir kannten ja weder eine GmbH oder GbR noch sonst eine Gesellschaftsform. Literatur hatten uns die Kollegen aus Salzgitter bereits genug mitgegeben. Aber ich wollte noch mehr über die Praxis wissen. Wolfsburg war ja in der Nähe. Wir besuchten das Werk und weitere Händler in dieser Region.

Langsam lichtete sich der Dschungel und wir sahen ein bisschen durch. In einer Kombinatssitzung teilte uns der Kombinatsdirektor mit, dass die Regierung ein Gesetz zur Umwandlung der volkseigenen Betriebe in Kapitalgesellschaften plane. Aus einem Betrieb konnten mehrere entstehen. Dazu war es erforderlich, Abschluss- und Eröffnungsbilanzen zu erstellen. Gleichzeitig sollten neue Strukturen geschaffen werden, um wettbewerbsfähig zu werden. Das Kombinat sollte dazu in eine Holding umgebildet werden. Wir erhielten entsprechendes Material und den Auftrag, ein Konzept zu erstellen.

Das war also der Anfang – und das Ende sozialistischer Betriebsstrukturen! Damit hatte ich schon lange gerechnet und mir bereits Gedanken gemacht. Als ich in die Sitzung mit meinen Leuten ging, hatte ich schon klare Vorstellungen. Wir mussten uns verkleinern, uns auf einzelne Standorte konzentrieren und versuchen, einzelne Verträge zu bekommen.

Nach dem Vortrag schauten mich einige ungläubig an. Wie sollte das gehen? Wir würden uns auf vier Gesellschaften konzentrieren, das hieße, vier Geschäftsführer und vier Buchhalter würden gebraucht werden. »Ich erwarte Vorschläge. Wer ist bereit? Eine Woche habt ihr Zeit.« Das war natürlich eine Bombe. Jeder ahnte, wir standen am Wendepunkt. Natürlich wollte ich nichts dem Zufall überlassen. Ich hatte bereits im Hinterkopf, wer diese acht Personen sein könnten, wer sich dafür eignete. So führte ich dutzende Gespräche und versuchte zu überzeugen. Endlich stand das Konzept. Jetzt musste hart gearbeitet werden. Aber auch andere arbeiteten, wie ich bald merkte.

Der Kontakt zu Gerhard Leid wurde enger. Er begeisterte mich für die Marke Ford. Gemeinsam schmiedeten wir Pläne zum Aufbau einer Firma. Aber zuerst mussten die Hausaufgaben gemacht und der große Betrieb in mehrere kleinere geteilt werden. Die Bilanzen verlangten alle Anstrengungen. Natürlich mussten viele Dinge im kleinen Kreis besprochen werden. Viele Stunden waren nötig, um die Papiere für die Umwandlung zu erarbeiten. Es gab bisher nichts Vergleichbares in der Geschichte und wir waren dabei! Es gab keine Partei mehr, die sich einmischte. Viele Mitarbeiter wollten wissen, wie es weiterginge – verständlich –, und wir wollten ihnen eine Perspektive bieten.

Die IM (10) sind immer noch aktiv

Als ich eines Tages wie immer zum Essen in unsere Kantine ging, gab es einen Auflauf am Schwarzen Brett. Auf meine Frage, was es denn da gäbe, löste sich der Kreis auf. Ich traute meinen Augen nicht. Dort hing ein großer handgeschriebener Zettel »Leute, wehrt Euch, Ihr werdet verkauft!« und weiterer Unsinn. Die Schrift kannte ich, es musste jemand aus meinem Umfeld sein, bloß wer? Ich nahm den Zettel ab. »Glaubt ihr das?«, fragte ich die verbliebenen Mitarbeiter. »Hier will einer Stimmung machen, die Zeit zurückdrehen! Die Stasi mobilisiert ihre Inoffiziellen, Stimmung dafür zu machen, zu retten, was nicht mehr zu retten ist. Denn sie sind immer noch aktiv, auch bei uns!«

Ich ging zum Personalleiter und zeigte ihm den Wisch. »Den finde ich, und wenn ich jede Akte lesen muss!«, sagte ich. Es blieb mir auch nichts anderes übrig, bevor dieser mehr Schaden anrichtete. Also fing ich mit der unangenehmen Arbeit an. 350 Akten, da kam Freude auf! Ich hatte bereits 300 durch und immer noch nichts gefunden. Es war schon Nacht, die Augen brannten. Dann, das war er! Die Schrift passte! Immer und immer wieder verglich ich. Ich war mir sicher! Warum war gerade der Leiter der Berufsausbildung inoffizieller Mitarbeiter? Aus Magdeburg gekommen, mussten wir ihn einstellen.

Am nächsten Morgen wollte ich mich endgültig versichern, dass ich richtig lag. Ich rief bei ihm an. Er sei im Urlaub, erfuhr ich. Dann fuhr ich zu seinem Büro, ließ mir den Schlüssel seines Zimmers geben. Der Schreibtisch war offen, ich wurde fündig, er war es!

Am kommenden Montag war er wieder zurück aus dem Urlaub und ich ließ ihn kommen. Vorher hatte ich ein leeres Blatt mit dem gleichen Farbstift vorbereitet. Es lag bereit. Nach ein paar Begrüßungsfloskeln schob ich ihm das leere Blatt mit dem Stift rüber. Er stutzte. »Schreib bitte!« Als ich die ersten Worte sprach, wurde er bleich und zitterte. Ich schaute ihn an. »Du warst es! Warum? Hattest du einen Auftrag?« Er stammelte: »Ja, aber ...« – »Auch das Schreiben im vergangenen Jahr, die Beschuldigungen, gehen auf dein Konto? Eure Zeit als Denunzianten ist abgelaufen. Ich möchte, dass du innerhalb der nächsten Stunde den Betrieb verlässt!« Ich schob ihm die vorbereitete fristlose Kündigung rüber, er zeichnete gegen und ging. Ich habe ihn nie wieder gesehen.

Er war einer von mindestens 20, die in meinem Betrieb existierten und für ihre Dienste von der Stasi bezahlt wurden. Auch hier ging eine Ära langsam zu Ende. Die Sache sprach sich natürlich in der Firma herum. Ich hoffte, dass sich die anderen noch nicht enttarnten IM zurückhalten und keine weitere Sabotageakte unternehmen würden. Wir mussten die Zukunft für viele Mitarbeiter gestalten und die Zeit lief.

Die Welt verändert sich

Am 13. März wurde tatsächlich das Gesetz zur Umwandlung und Bildung der **Treuhandgesellschaft (11)** beschlossen. Nach Vorgesprächen Gerhard Leids stellte ich im März den Antrag auf Übernahme des Ford-Vertrages. Ford war ein Problem. Auf dem Papier standen vier Firmen samt Personal und Objekten, also mussten wir warten, bis die Umwandlung vollzogen war. Dazu mussten die Grundbücher gewälzt werden, damit klar war, wem was gehörte. Ich hatte Anfang 1987 alles in Ordnung bringen lassen, ohne zu wissen, dass das einmal wichtig sein würde. So bestand eine Übersicht darüber, wo es Probleme mit den Besitzverhältnissen gab.

Anfang April bekam ich Besuch, der Distriktleiter Wartburg mit einem Herrn von Opel. Dieser war begeistert von meinem Objekt in Halberstadt. Bisher hatte er fast nur Ruinen gesehen, und dann das. Ich hatte 1987 eine ungarische Service-Station bauen lassen und den vorderen Teil des Betriebes mit einer modernen Werkstatt versehen. Dieses Baurisiko wollte damals niemand eingehen, so dass Halberstadt diese Station als erste Stadt erhielt. Das war das Modernste in der DDR.

»Also, ich möchte Sie gerne als Opel-Händler haben, überlegen Sie nicht lange«, sagte der Herr. Ich schilderte ihm die Situation der Firma und dass wir einen Antrag auf Übernahme des Ford-Vertrages gestellt hatten. »Damit habe ich keine Probleme«, entgegnete er. »Ich will Sie haben, diesen Betrieb. Sie passen in unser Konzept.« – »Den schickt mir der Himmel«, dachte ich bei mir. Aber ich bat mir Bedenkzeit aus. »Überlegen Sie nicht zu lange, das ist die Chance für Sie«, sagte er beim Gehen.

Opel gehörte natürlich auch zu meinen Favoriten für einen Automobilvertrag. Der einzige Wermutstropfen war, dass der Vertrag keine Nutzfahrzeuge beinhaltete. Natürlich fragte ich auch Gerhard Leid um Rat. »Ford eiert zurzeit rum. Die Thatcher in England sieht die Entwicklung in Deutschland kritisch und Ford wird von England regiert. Die haben das Sagen«, meinte er. »Du brauchst einen Vertrag und einen deutschen dazu. Wenn es noch länger dauert, greif zu.« Ja, da war guter Rat teuer! Ford schwieg weiter, also musste ich handeln.

Am 3. Mai unterschrieb ich die **Absichtserklärung (12)** mit der Adam Opel AG. Damit waren die Weichen für die Zukunft erst einmal gestellt! Mitte Mai erschien plötzlich ein Vertreter von Ford und wollte mir den Vertrag bringen, aber wir hatten uns entschieden. Draußen hingen bereits die Opel-Fahnen, der Vertreter war enttäuscht. Aber es hatte eben zu lange gedauert. Nun mussten Genehmigungen zur Einfuhr von

Neuwagen und vieles andere mehr beim Ministerium beantragt werden. Das alles noch unter der Firmierung VEB Kraftfahrzeuginstandhaltung Halberstadt. Wir waren ja noch zwei getrennte Staaten.

Der erste Gebrauchtwagenverkauf

Im Mai hatten wir dann unser erstes Highlight: Die Gebrauchtwagenschau vor der Währungsunion, der erste Verkauf von Autos auf unserem Firmengelände. Wir hatten sie lange mit dem Autohaus Leid vorbereitet. Nachts wurden Autos herangekarrt und alle waren gespannt, was passieren würde. Wir hatten auch ein kleines Rahmenprogramm vorbereitet. Musik, Wurst vom Grill und vieles andere.

Als am 19. Mai unsere Tore aufgingen (die Betriebe waren damals mit Mauern und Toren abgeschottet), überfluteten Hunderte Menschen den Platz. Im Nu bildeten sich um jedes Auto Trauben. Die Verkäufer waren überfordert, die Leute handelten nicht, boten teilweise noch mehr Geld, stritten sich. Sie hatten Tüten mit Deutschen Mark oder ihre Sparbücher dabei. Mit dem Sparbuch als Nachweis konnten sie schon Autos kaufen und Verträge unterschreiben. Innerhalb weniger Stunden waren alle 30 Autos verkauft. Das hatte niemand erwartet. Gerhard Leid versuchte für den nächsten Tag von überallher weitere Autos zu ordern. Die ganze Nacht wurde gefahren. Am nächsten Tag das gleiche Spiel, alle Fahrzeuge wurden verkauft. Die Verkäufer merkten natürlich, dass die Leute gierig auf Autos waren, keine Preisvorstellungen hatten und sich kaum um Qualität kümmerten. Also stiegen die Preise und mancher Oldtimer wurde für einen tollen Preis verkauft. Viele Händler aus dem Westen erzielten so Rekordgewinne in der bankrotten Noch-DDR. Wir erhielten damals für jedes Auto 50,00 Mark Provision, ahnten aber nicht, was tatsächlich daran verdient wurde.

Wir mussten uns weiter um unsere Privatisierung kümmern, alle Unterlagen waren jetzt so weit, dass sie für die Umwandlung fachlich geeignet waren. Wir waren uns auch einig, dass wir nicht in die Holding des Kombinates einsteigen, sondern unseren eigenen Weg gehen wollten. Also mussten wir verdeckt unsere Vorbereitungen betreiben und gegenüber dem Kombinat so tun, als machten wir mit. Endlich hatte ich einen Termin bei der Treuhand. Es war der 21. Juni. An diesem Tag sollten die geplanten vier neuen Betriebe in GmbH-Gesellschaften umgewandelt werden. Dann würden wir endlich den Status von privatisierten Betrieben haben und wären gesellschaftsfähig.

Vertragsunterzeichnung

Vorher hatten wir jedoch noch einen anderen Höhepunkt! Am 1. Juni sollte in Rüsselsheim der Opel-Vertrag unterschrieben werden. Für diese Fahrt mietete ich bei einer Autovermietung einen Opel Vectra, denn wir hatten bisher noch keine Opel-Modelle zur Verfügung, wollten aber standesgemäß vorfahren. Also machten wir uns auf den Weg nach Rüsselsheim. Schon am Ortseingang wurden wir geleitet, Fahnen, Plakate zur Begrüßung der neuen Händler, alles war perfekt organisiert! Die Parkplätze vor dem Werk waren voller Autos aus der DDR, vorrangig Wartburg, Lada, Trabant und andere Ostprodukte, aber kaum ein Opel.

Wir wurden im Foyer der Zentrale empfangen und waren beeindruckt. Georg Haber, der Vertriebsvorstand, sprach: »Vergessen Sie alles, was Sie bisher in der DDR-Mangelwirtschaft erlebt haben, es gibt kein Problem, das wir nicht innerhalb von 24 Stunden lösen werden.« Wir waren beeindruckt und wurden anschließend nach Mainz ins Hotel gebracht, wo die Vertragsunterzeichnung stattfand. Leider konnten wir unseren Vertrag nicht vor Ort unterschreiben, er war nicht aufzufinden! Wir waren trotzdem happy!

Als wir am nächsten Tag zurückfuhren, waren wir überzeugt, den richtigen Partner gewählt zu haben.

Ein kleines Erlebnis hatten wir noch beim Tanken. OPEL hatte jedem Händler einen Tankgutschein mitgegeben. Also standen wir in der Reihe mit Trabant, Wartburg und anderen. Wir hatten ja ein Westkennzeichen. Ein älterer Herr schaute sich das Schauspiel an, dann kam er zu uns, wir hatten das Fenster geöffnet. »Das sind jede Menge Leute aus der Ostzone. Die wollen Opel verkaufen. Ob das was wird?«, sagte er zu uns. »Wir gehören auch dazu«, antwortete ich. Er war perplex und verschwand.

Die Umwandlung (13)

Am 21. Juni fuhren die vier neuen Geschäftsführer und Stellvertreter der künftigen GmbH zur Treuhand. Vorher musste ich noch zum Kombinat, um unsere restlichen Unterlagen abzuholen und mitzuteilen, dass wir nicht in der Holding mitmachen würden. Der Kombinatsdirektor schäumte vor Wut, als er merkte, dass wir separat, ohne Holding zur Umwandlung wollten. »Ich löse dich ab«, brüllte er mich an. »Das kannst du tun, aber es ist zu spät.« Er telefonierte mit verschiedenen Leuten. Dann gab er zähneknirschend die Unterlagen heraus und wir fuhren zur Treuhand. Hier ging alles ganz schnell, wir hatten ja unsere Hausarbeiten gemacht! Nach der Unterschrift sagte ich zu meinen ehemaligen Mitstreitern: »Ab heute beginnt ein neuer Abschnitt, jetzt müssen wir getrennte Wege gehen, jeder für sich.«

Was das im Einzelnen bedeutete und welche Wege das sein würden, konnten wir damals nicht im Entferntesten ahnen.

Ja, jetzt begann eine neue Ära, wir waren eine GmbH und ich hatte den OPEL-Vertrag. Was konnte jetzt noch schiefgehen? In den nächsten Wochen führte ich zahlreiche Gespräche mit Mitarbeitern der Adam Opel AG. Diese verlangten von mir eine echte Privatisierung mit privaten Gesellschaftern und den Neubau eines Opelbetriebes nach den Vorgaben der Adam Opel AG, und das alles innerhalb eines bestimmten Zeitrahmens. Doch zunächst brauchten wir Geld und eine **EDV-Anlage** (14), um überhaupt das Fahrzeuggeschäft beginnen zu können.

Ich wandte mich deshalb an meinen Gesellschafter, die Treuhand. Diese erwartete von mir wieder ein neues Sanierungskonzept, welches die Grundlage für einen Liquiditätskredit sein sollte. Schon nach kurzer Zeit war klar, dass wir nicht mit den 150 Mitarbeitern überleben konnten. Mindestens 100 mussten kurzfristig freigesetzt werden. Das war die schwierigste Aufgabe, denn alle hatten viel auf die Privatisierung und den Opel-Vertrag gesetzt. Gleichzeitig wurde den Mitarbeitern in der DDR immer wieder suggeriert, es sei ihr Betrieb, Volkseigentum, und nun mussten auch viele gehen, zu denen man jahrelang eine persönliche Beziehung aufgebaut hatte. Mir wurde schlecht bei dem Gedanken an die Gespräche, aber es gab keine Alternative und die Zeit drängte!

Nach vielen Stunden zusätzlicher Arbeit stand das Konzept. Ich konnte dabei nur meinen Buchhalter, Horst Heinemann, einbeziehen. Wir machten uns auf den Weg nach Magdeburg zur Treuhand und erreichten, dass das Konzept bestätigt wurde. So konnten wir hoffen, nach entsprechenden Auflagen, dass wir 1,2 Millionen Mark liquide Mittel zur Verfügung hatten und dass damit die Grundlage für den Autohandel stand. Die größte Angst hatten wir aber vor den Gesprächen mit den von der Freisetzung betroffenen Mitarbeitern. Für diese wurden im Rahmen der Sanierung entsprechende Abfindungen bereitgestellt. Zunächst mussten erneut beim Verkehrsministerium der DDR Anträge zur Einfuhr von Neu- und Gebrauchtwagen und einer EDV-Anlage gestellt werden, da die DDR und die BRD noch zwei Staaten waren. Diese wurde wider Erwarten sehr schnell erteilt. Nun waren wir schon fast handlungsfähig, es galt jedoch noch, die entsprechenden Verkaufsberater aus dem Personalbestand auszuwählen. Ich schrieb die Stellen aus und erstellte mir eine Checkliste für das Auswahlverfahren.

Über 20 Mitarbeiter hatten sich beworben. Nach vielen Stunden und Tests entschied ich mich für fünf, das war die erste Verkaufsmannschaft. Als Verkaufsleiter bestimmte ich meinen Planer. Dieser sträubte sich zunächst mit Händen und Füßen dagegen. Als ich ihm aber klar machte, dass wir in Zukunft keinen Planer mehr brauchen würden, sagte er zu. Das erwies sich im Nachhinein als Glücksfall, der Mann wurde ein erstklassiger Verkaufsleiter und auch die Verkäufer bestätigten mein Auswahlverfahren. Das Gleiche passierte noch für die anderen Führungspositionen und dann stand die Mannschaft.

Jetzt mussten wir die Freisetzungsgespräche führen, Entlassungen vornehmen. Dies berührte mich sehr, viele Betroffene kannte ich schon Jahre, hatte ein freundschaftliches Verhältnis zu ihnen. Wenn wir überleben wollten, mussten wir es tun, und das bald. Wir hatten aber Gewissensbisse, in der Belegschaft war es schon durchgesickert, dass es Entlassungen geben würde.

Personalgespräche

Die Gespräche begannen in unserer Außenstelle in Blankenburg, die aus ungefähr 30 Mitarbeitern bestand. Vor der Wende war unsere Zylinderschleiferei in Blankenburg eine Goldgrube gewesen. Für die Regenerierung von Motoren und Getrieben gab es einen riesigen Bedarf. Es war ein uralter Betrieb mit genauso alten Maschinen, aber die Leute machten einen guten Job und deshalb glaubte ich auch, dass wir diesen Betrieb über die Wende retten konnten. Doch das war ein Trugschluss, niemand wollte mehr Motoren überarbeiten lassen. Wir blieben auf unseren Teilen sitzen und hatten kaum noch Einnahmen. Als ich mich zur Belegschaftsversammlung anmeldete, ahnten die meisten schon, was kommen würde.

Die Versammlung war für den Nachmittag angesetzt, schon bei der Begrüßung schauten mich viele angstvoll an. Auch ich hatte hin und her überlegt, wie ich es ihnen sagen sollte, denn es war das erste Mal, dass ich vor solch einer Situation stand. Viele ältere Arbeitnehmer, die immer ihr Bestes gegeben hatten, gehörten zur Belegschaft. Also begann ich mit dem Sanierungskonzept, dem Opel-Vertrag und damit, dass in der Marktwirtschaft in jeder Abteilung Gewinne erwirtschaftet werden mussten. Da rief der Erste dazwischen: »Und bei uns kommt nichts mehr.« – »Ja, das ist die bittere Wahrheit«, antwortete ich. Es wurde still, sie hingen an jedem meiner Worte. »Deshalb sehen wir uns gezwungen, den Betrieb stillzulegen. Es gibt auch mittelfristig keine Aussicht auf eine Wende.« Jetzt war es raus! Betretene Gesichter! »Was bedeutet das für uns?«, fragte einer. »Wir haben hin und her überlegt, ob wir euch umsetzen können, aber ihr seid zu spezialisiert. Das ist das Tragische«, antworte ich. »Wir müssen den Betrieb schließen und alle Arbeitskräfte entlassen.« Totale Stille. Ich schaute in ihre Gesichter, einige hatten Tränen in den Augen. Dann kamen viele Fragen, Vorschläge, was man noch machen könnte. Aber es gab keine Zukunft, das wurde allen klar. »Wann?«, fragte einer. »Ab Montag hören wir auf und wickeln noch die restlichen Aufträge ab. Der Betrieb wird geräumt und in 14 Tagen übergeben. Ich werde mit jedem Einzelnen noch ein Gespräch darüber führen, wie wir die Abfindungen regeln. Die Treuhand hat entsprechende Mittel zur Verfügung gestellt, das ist sicher.«

Ich verließ die Versammlung und fühlte mich beschissen. Das war erst der Anfang, weitere Gespräche würden noch folgen, bis der gewollte Personalbestand erreicht war. Das Ganze musste ziemlich schnell gehen, damit der Geschäftsbetrieb endlich zum Laufen kam. Das bedeutete, jeder Mitarbeiter, mit dem gesprochen wurde, wurde sofort beurlaubt. Innerhalb von vier Wochen wurden fast 100 Mitarbeiter freigesetzt. Viele waren total niedergeschlagen, andere wütend. Nach Jahren zeigte es sich jedoch, dass die meisten bei den sich neu bildenden Autohäusern untergekommen waren und bald wieder Arbeit hatten. Die älteren Mitarbeiter nahmen die Vorruhestandsregelung in Anspruch.

Die erste Opel-Präsentation

Neben den notwendigen Gesprächen musste ich mich auch um den Geschäftsbetrieb kümmern. Auch hier gab es Probleme ohne Ende. Opel wollte den überarbeiteten Corsa vorstellen. Wir hatten schon fleißig geworben, aber es kam kein Auto von Opel bei uns an. Also beschloss ich, nach Berlin zu unserem Regionschef zu fahren, um doch noch Autos zu bekommen. Der Spruch »Es gibt nichts, was wir nicht in 24 Stunden lösen« schien doch nicht ganz zu stimmen.

Als ich in Berlin eintraf, herrschte dort Chaos – Kisten, Möbel, unmöblierte Räume. Rind, der Regionalleiter, empfing mich freundlich und bat mich in sein Zimmer. Auch hier fehlten noch die Möbel, alles war im Entstehen begriffen.

»Woher kommst du?«, fragte er und ging mit mir zu einer Deutschlandkarte, auf der kleine Fähnchen platziert waren, die Opel-Händler der neuen Länder. »Hier ist Halberstadt, das Tor zum Harz!« Ich zeigte auf unser Fähnchen. »Ja, und wie kann ich euch helfen?« – »Ich brauche Autos, und zwar am Samstag. Die Leute sind heiß, wir haben ordentlich die Werbetrommel gerührt, aber ohne Autos sind wir aufgeschmissen.« – »Wir haben derzeit einige logistische Probleme.« Dann telefonierte er. »Wie weit seid ihr von Wolfsburg entfernt?« – »30 Kilometer«, antwortete ich. »Ich will aber keine VW präsentieren.« Er lachte: »Nein, dort steht ein Zug, den kriegen wir zurzeit nicht wieder auf die Schiene. Wie auch immer, du kannst dir drei Fahrzeuge abholen, ich schreibe einen Beleg. Habt ihr einen Transporter?« – »Den kriege ich schon«, antwortete ich. »Wir sind das Improvisieren gewöhnt.« Er lachte! Mit viel Aufwand und unter Zeitdruck fand dann unsere erste Opel-Präsentation statt. Endlich konnten wir den Kunden beweisen, dass wir Opel-Händler waren.

Suche nach Partnern

Da Opel weiter Druck machte, wir sollten endlich einen privaten Investor für die GmbH präsentieren, machte ich mich auf die Suche nach geeigneten Partnern. Meine Wahl fiel auf einen großen Händler in Braunschweig. Das war ein großer Opel-Händler und er schien mir der richtige Partner zu sein. Nach mehreren Gesprächen und Besuchen wurden wir uns schnell handelseinig und hatten gleichzeitig ein freundschaftliches Verhältnis aufgebaut.

Herr Springstein, der geschäftsführende Gesellschafter, bot mir an, Gesellschafteranteile der Firma über **MBO (15)** zu erwerben. Wir erarbeiteten ein Konzept und reichten dieses der Adam Opel AG zur Bestätigung ein. Damit schien ein weiterer wichtiger Schritt getan, glaubte ich. Mittlerweile wurde die Datenanlage geliefert, unser wichtigstes Kommunikationsmittel mit dem Hersteller. Die Leasingbank stellte jedoch die Bedingung, dass ich als Geschäftsführer persönlich für den Kredit bürgen sollte. Das war natürlich ein hartes Stück, ich war ja an der Gesellschaft nicht beteiligt. Wenn es schiefginge, hätte ich 150.000 Mark am Hacken. Ich wusste aber auch, dass wir die Anlage brauchten, um weiter Händler bleiben zu können. Also unterschrieb ich im Interesse des Händlervertrages. Wenige Tage später rief mich Rind, unser **Regionalleiter (16)**, an: »Kobert, wir haben im Vorstand beraten, wie es im Osten weitergehen soll, dabei spielte auch Ihr Brief betreffs der Fusion mit Braunschweig eine Rolle. Wir wollen im Osten selbstständige Privatbetriebe. Der ist schon zu groß, seine Pools und was er da vorhat, davon halte ich nichts. Wissen Sie, was das für einen Schaden anrichtet, wenn man einem Elefanten, wie dem, die Beine weghaut? Darunter kommt keiner mehr hoch. Kurz und knapp, Braunschweig bekommt Magdeburg, das reicht! Machen Sie es selbst, Sie können das auch alleine.«

Ich war zunächst sprachlos, hatte ich doch fest auf Braunschweig gesetzt. Wir brauchten Kapital und ich hatte keinen Pfennig. Rind merkte an meiner Reaktion, dass ich schockiert war. »Ich mache einen Vorschlag, setzten Sie sich mit Ihrem Steuerberater zusammen, planen Sie eine Finanzierung«, sagte er. »Ich schicke Ihnen unsere Bauberatung und die BBE, das ist eine Unternehmensberatung, mit der wir zusammenarbeiten. Die unterstützen Ihre Planung. Dann gehen Sie zur Bank und übernehmen den Laden! Rufen Sie mich an, wir machen dann einen Termin in Ihrem Hause. Denken Sie daran, wir müssen in die Strümpfe kommen, denn mit der Treuhand haben wir nichts am Hut«, endete er.

Wieder eine neue Variante, ich hatte bisher nie daran gedacht, es alleine zu machen. Wie sollte das gehen?

Planungen

Wenige Tage später gab es den Ortstermin in Halberstadt. Opel hatten einen Architekten und einen Unternehmensberater geschickt sowie den Distriktleiter, mein Steuerberater war auch anwesend. Nach einer Ortsbesichtigung entwarf der Architekt grob den möglichen Umbauplan für den vorhandenen Betrieb. Der Berater ließ sich jede Menge betriebswirtschaftlicher Zahlen geben. **Der Distriktleiter (17)** nannte das Absatzvolumen für Fahrzeuge für die nächsten drei Jahre, das er von uns als Händler verlangte. Wir vereinbarten, dass wir uns in vier

Wochen wieder treffen würden, dann hätten der Architekt und der Berater ihr Konzept fertig.

So war es dann auch, einen Monat später trafen wir uns im gleichen Kreis wieder im Autohaus. Nur diesmal hatte der Architekt schöne bunte Karten und der Unternehmensberater ein gebundenes Konzept. Beide Herren präsentierten ihre Entwürfe. Der Architekt hatte 2,5 Millionen DM für den Umbau kalkuliert. Der Unternehmensberater präsentierte eine betriebswirtschaftliche Vorschau der nächsten drei Jahre. »Im dritten Jahr gehen wir von 400 Neuwagen aus und noch einmal so vielen Gebrauchtwagen, die Sie verkaufen werden, und dann werden Sie die Investitionen aus der ›Portokasse‹ bezahlen«, schloss er lächelnd seinen Vortrag.

Nun lagen die Zahlen auf dem Tisch. »Neben dem Investitionsvolumen muss noch der Kauf der GmbH und des Grundstücks kalkuliert werden«, warf ich ein. »Des Weiteren muss ich mit der Stadt abklären, ob wir hierbleiben und bauen können.« Dr. Nexö, mein Steuerberater, gab zu bedenken, dass auch im Osten bald ein Sättigungsgrad für Neuwagen erreicht sein würde und dass damit die Absatzzahlen in Frage stünden. Der Distriktleiter verteidigte sein Konzept: »Mit Opel können Sie nichts verkehrt machen. Wir werden in den nächsten Jahren unseren Marktanteil in Deutschland auf 20 % verbessern, in Ostdeutschland liegen wir jetzt schon bei 25 bis 30 % und sind Marktführer. Wo ist das Problem? Wir erwarten, dass Sie einen modernen Opel-Betrieb errichten. Alles andere kommt dann von allein. Sie müssen dann nur noch Autos verkaufen«, schloss er.

Motiviert durch OPEL, begann ich meine neuen Hausaufgaben. Zunächst stellte ich mit den Unterlagen des Architekten eine **Bauvoranfrage (18)** bei der Stadt. Dann galt es, einen Kaufantrag zur Übernahme der Gesellschafteranteile und des Grundstücks zu erarbeiten, dabei beriet mich mein Steuerberater. Die fertigen Unterlagen schickte ich zur Treuhand nach Magdeburg. Den ersten Termin zur Verhandlung erhielt ich drei Wochen später.

Erwartungsvoll fuhren mein Steuerberater, der Finanzleiter und ich zur Treuhand. Diese befand sich damals im Gebäude der Magdeburger Verkehrsbetriebe. Als wir die Tür öffneten, sahen wir einen langen, engen, dunklen Flur, an dessen Wänden viele Männer mit Aktenkoffern lehnten. Wir kämpften uns bis zum Sekretariat vor, um uns anzumelden. »Wir haben um 14.00 Uhr einen Termin«, sagte ich zu der Dame. Sie lächelte: »Schauen Sie mal, die da draußen haben alle einen Termin. Warten Sie bitte, bis Sie aufgerufen werden.«

Toll, da waren wir nun. Es gab keine Stühle, und es war kaum abzusehen, wie lange es dauern konnte. »Das fängt ja gut an!«, dachte ich. Nach einer Stunde lief ein großer, schlanker, ganz dunkel gekleideter Mann den Flur entlang und fragte mit englischem Akzent: »Autohäuser? Sind Autohäuser da?« – »Ja, wir«, antwortete ich. Er drehte sich um. »Kommen Sie bitte mit.« So folgten wir ihm, hoffnungsvoll. Er ging mit uns in ein Zimmer. Endlich sitzen, wir waren schon ganz steif. Aber in dem Zimmer stand nur ein Schreibtisch – ohne Stuhl. Mister Duncan, so stellte er sich vor, setzte sich auf den Tisch und ließ die Beine baumeln. »Welches Autohaus sind Sie?« Ich antwortete ihm und teilte ihm mit, dass von uns ein Kaufgebot, das Gegenstand der Verhandlung sein sollte, schriftlich vorliegen musste. »Gut, ich schaue nach«, sagte er und verschwand für eine Weile. »Mann, ist das ein Niveau!«, sagte Nexö, mein Steuerberater, und setzte sich kurz auf den Tisch. »Da wird die Verhandlung bestimmt sehr interessant.« Nach einer Viertelstunde tauchte unser Engländer wieder auf. Er setzte sich wieder auf den Schreibtisch, wir standen etwas dumm davor. »Ich verhandele mit den Autohäusern. Ihren Antrag habe ich nicht gefunden, aber eine Bilanz. Also, wie viel wollen Sie bezahlen?« Ich nannte ihm meinen Preis. Er blätterte in der Bilanz, dann lachte er: »Kein Thema, wir verschenken nichts.« Er nannte uns einige Zahlen der Bilanz und sagte: »Opel ist eine gute Marke!« Dr.

Nexö verwies auf den Bauzustand, notwendige Investitionen und anderes. Duncan blockte ab. »Gut«, sagte ich, »was stellen Sie sich vor?« – »Drei Millionen Mark, darunter geht nichts. Zu diesem Preis werden wir verkaufen.«

Wir drei waren schockiert. »Also, meine Herren, schicken Sie mir Ihr neues Angebot, ich höre von Ihnen.« Dann stand er auf und ging einfach so. »Das glaube ich nicht!«, sagte Dr. Nexö brüskiert. »Erst dieses Ambiente und dann dieser arrogante Verkäufer.« Bedeppert verließen wir das Gebäude der Treuhand. »Was nun?«, fragte ich Nexö. »Da kann ich mir den Vertrag abschminken.« – »Abwarten«, sagte er. »Lassen Sie uns eine Nacht drüber schlafen.«

Das war der erste Kontakt mit der Treuhand und es würden noch viele folgen, insgesamt zwei Jahre lang, aber das konnte ich zu diesem Zeitpunkt nicht ahnen. Am nächsten Tag telefonierte ich mit Dr. Nexö. »Nehmen Sie es nicht persönlich, Kobert. Der blufft nur, er ist schließlich Verkäufer und will Geld verdienen. Wir werden noch einmal rechnen und ihm ein neues Angebot unterbreiten. 3 Millionen sind völlig überzogen, mit Investition und Kontokorrent liegen Sie dann bei 6,5 Millionen Mark.« Wir überarbeiteten unser Angebot und reichten es wieder ein.

Aber auch ein erneuter Gesprächstermin mit Duncan brachte keine Annäherung. 1990 waren wir bis zum Jahresende noch dreimal bei ihm, ohne Erfolg. Opel wurde langsam unruhig und machte Dampf.

Zum Jahresende rief mich Duncan an, bei ihm sei ein Investor aus Bremen gewesen, der sich für das Grundstück interessierte. Vielleicht könne man zusammen etwas machen. Ich ergriff die Chance und stellte den Kontakt her. Wir trafen uns im Januar in Halberstadt. Er erläuterte uns, dass er mehrere Investoren habe. Diese würden hier investieren und das Autohaus könne integriert werden. Da ich Ostdeutscher sei, hätte ich den Vorrang bei der Treuhand und sollte die Verkaufsverhandlungen zu Ende führen. Er würde dann das Grundstück von mir erwerben. Das klang erst mal ganz gut. Die Bauvoranfrage war durch die Stadt positiv entschieden worden. Also musste jetzt das Konzept umgestrickt und neu beantragt werden. Er wollte aber unbedingt ein Schadstoffgutachten, um sicherzugehen, dass es keine Umweltbelastungen auf dem Grundstück gab. Der Investor unterstützte mit einem Architekten und wir stellten die entsprechenden Anträge bei der Stadt. Trotzdem kamen wir bei der Treuhand keinen Meter weiter.

Im Frühjahr hatten wir unsere Kunden über unsere Bauabsichten informiert. **Die Händlerzeitung** wir mit: **Opel – ein Bund fürs Leben.** Mittlerweile hatten wir uns einen Namen in der Region gemacht und 1990 trotz aller Probleme 6 Millionen Mark Umsatz realisiert. Ich wollte die Privatisierung schaffen, koste es, was es wolle! Mein Steuerberater bremste mich immer öfter, damit ich nicht voreilig unterschriebe.

Ein neuer Partner

Im März 1991 hatte ich ein erneutes Gespräch mit Klaus Rind, unserem Chef Ost. Er zeigte sich unzufrieden über die bisherigen Ergebnisse der Privatisierung. Er nannte mir einen Opel-Händler aus Nordrhein-Westfalen, der Interesse hatte, im Osten zu investieren. Also suchte ich Kontakt zu ihm. Herr Jäger war Ende 50 und top drauf. Er zeigte sich angetan von der Firma und der Region. Auch das Konzept mit dem Investor fand er gut. Wir machten einen Termin, diesmal in seiner Stadt, an dem auch Dr. Nexö teilnahm.

Hier unterschrieben wir eine Absichtserklärung über die Gründung einer gemeinsamen Firma, die dann den Opel-Vertrag übernehmen sollte. Dies ließen wir uns dann von Opel absegnen und schriftlich bestätigen. Danach verhandelten wir gemeinsam mit der Treuhand und hofften nun auf ein baldiges Ergebnis. Aber auch jetzt gab es keinen Durchbruch bei den Gesprächen mit der Treuhand.

Mittlerweile verhandelte ich auch mit der Stadt, um ein Grundstück im neu entstehenden Gewerbegebiet zu erwerben. Das würde uns von der Treuhand unabhängig machen. Nebenbei musste ich noch Umbaumaßnahmen im bisherigen Betrieb vornehmen, um dem Erscheinungsbild von Opel (CA) gerecht zu werden. Das kostete viel Geld und wir wussten nicht, ob es überhaupt noch Sinn hatte, wenn wir dort nicht blieben. Opel setzte sich wieder durch.

Im Oktober stand die erste Neuwagenpremiere ins Haus. Der neue Astra kam auf den Markt. Das war unser wichtigstes Modell. Herr Jäger war bisher auch keine große Hilfe gewesen. Er hatte sicherlich gedacht: »Jetzt komme ich und die Treuhand gibt klein bei.« Aber Duncan war ein harter Hund, mit allen Wassern gewaschen. Mittlerweile war so etwas wie Sympathie entstanden zwischen Duncan und mir. Nur in der Verhandlung ging es nicht so recht vorwärts. Die Treuhand ließ mich als Geschäftsführer gewähren und ließ mir freie Hand bei den Investitionen vor Ort. So wurde als Erstes die Mauer entfernt, um die Neu- und Gebrauchtwagen besser präsentieren zu können. Die ehemalige Karosseriehalle wurde durch große Schaufenster zur Ausstellungshalle umfunktioniert. Des Weiteren wurde eine Lackierkabine angeschafft. Ein größeres Zelt war die Vorbereitungshalle, es musste eben improvisiert werden. Damit waren wir gut gerüstet für die **Astra-Präsentation (21)** im Oktober des Jahres.

Ein Abzocker

Im September bekam ich Besuch von einem Architekten der Opel-Bauberatung. Er brachte ein fast fertiges Projekt zum Umbau des Betriebes mit. Er wollte dafür 10.000 DM Anzahlung von mir haben. Da wurde ich stutzig. »Moment mal«, sagte ich, »wir sind noch nicht fertig mit der Treuhand und außerdem habe ich keinen Auftrag erteilt.« Er schwafelte alles Mögliche. Mir war jedoch klar, dass hier etwas nicht stimmte.

Ich ging zum Schein auf ihn ein und bat ihn, mir die Unterlagen dazulassen, ich würde dann zahlen. Das gefiel ihm zwar nicht, aber letztlich ging er darauf ein. Da er mir Namen von Opel-Händlern genannt hatte, rief ich einige von ihnen an. Auch denen kam der Mann merkwürdig vor. Bei einer Frau, deren Mann vor kurzem verstorben war, hatte er bereits Geld abgezockt. Angeblich hatte ihr Mann mit ihm einen Vertrag geschlossen. Als ich mir die Unterlagen genauer anschaute, stellte ich fest, dass sie ziemlich unprofessionell waren. Aber es mussten Originalzeichnungen des Betriebes zu Grunde gelegen haben. Bei den anderen war es ähnlich. Eine Nachfrage bei Opel ergab, dass der Mann unbekannt war und nicht in deren Auftrag handelte.

Ich vereinbarte mit dem Distriktleiter, dass ich den Mann zu mir einladen würde und die anderen betroffenen Händler ebenfalls und dass wir ihn dann bloßstellen wollten. Also rief ich ihn an und vereinbarte mit ihm einen Termin.

An dem Tag saßen die anderen Händler auch in meinem Arbeitszimmer. Er stutzte kurz, gab sich dann aber betont lässig. Der Distriktleiter war auch da, wartete aber noch nebenan. Ich begründete ihm die Anwesenheit der anderen vier Händler damit, dass noch viele Fragen offen seien und wir diese heute gleich für alle klären wollten. Nach einigen Minuten, wir merkten schon, dass er sich nicht mehr wohlfühlte, sagte ich: »Es passt heute gut. Sie können gleich einen Kollegen von Opel begrüßen, der zufällig im Hause ist.« Dann erschien dieser und wir fingen an, ihn bloßzustellen. Er verstrickte sich immer mehr in Widersprüche. Auch auf die Frage, wer ihn denn von Opel autorisiert habe, gab er keine Antwort. Wir wollten dann noch wissen, woher er unsere internen Lagepläne hatte. Er gab auf. Als er merkte, dass wir ihn durchschaut hatten, verließ er abrupt den Raum und verschwand. Vorher hatte der Distriktleiter ihm noch verboten, weiter zu behaupten, im Auftrag von Opel tätig zu sein. Wieder einmal einer, der versuchte, auf billige Art Geld zu verdienen.

Blieb nur die Frage, woher er die Unterlagen und Informationen über die Händler hatte. Aber das waren nun nicht mehr meine Probleme.

Weiter bei der Treuhand – Alleingänge

Am 12. Oktober war es endlich so weit, wir hatten unsere erste Neuwagenpräsentation – der neue Opel Astra. Wir hatten uns mächtig ins Zeug gelegt, etliche Highlights organisiert. Dafür wurden wir belohnt, an beiden Tagen hatten wir mindestens 1000 Besucher. Alle Parkplätze rund um das Haus waren belegt. Der Nachfolger des Kadett kam gut an! An diesem Wochenende hatten wir sofort zehn Bestellungen, und es ging in den nächsten Tagen und Wochen so weiter. Damit war unsere wirtschaftliche Entwicklung gesichert. Aber ich musste weiter mit der Treuhand verhandeln, um die Privatisierung endlich zu vollziehen, Opel machte ungeheuer Druck.

Blamage

Herr Jäger, das heißt sein Sohn, der Rechtsanwalt war, sorgte für eine Posse bei der Treuhand. Wir hatten ein neues Vertragsangebot erarbeitet. Dieses brachte ich persönlich zu ihm und bat darum, es vor Ort zu besprechen. Als ich dort eintraf, schauten wir nicht einmal in den Vertrag, sondern verplemperten den Tag. Ich war sauer! »Machen Sie sich keinen Kopf, Kobert. Mein Sohn ist Spezialist, der wird denen schon zeigen, wo es langgeht.«

Am Tag eines Termins bei der Treuhand trafen wir uns immer zwei Stunden vorher, um die Taktik zu besprechen, Jäger senior, sein Sohn, sein Buchhalter, mein Steuerberater und ich. Aber wieder wurde nichts wegen des Vertrags besprochen. Jäger schwafelte über seine Kriegserlebnisse, Urlaubsreisen und anderes. Ich war sehr wütend und wir gingen ohne Absprache zum Termin. Duncan begrüßte uns freundlich und ließ uns an einem großen runden Tisch Platz nehmen. Jäger stellte seinen Sohn vor, den Rechtsanwalt. »Na, dann kann ja nichts mehr schiefgehen«, sagte Duncan. Ich hatte meine Bedenken – zu Recht. Duncan legte viel Wert auf Sachkenntnis, das hatte er bisher an uns geschätzt. Er stellte immer wieder gezielte Fragen zum Vertragsinhalt an Jäger junior und merkte, dass dieser nicht »im Stoff« stand. »Wo haben Sie eigentlich studiert, wer war Ihr Rektor?«, fragte er zynisch. Jäger wollte antworten. »Wissen Sie was?«, sagte Duncan an ihn gewandt. »Wenn sie drei Wochen lang einen Vertrag haben, dann müssten Sie darin lesen und uns hier nicht mit Phrasen langweilen und meine Zeit stehlen. Außerdem möchte ich, dass Sie an diesem Tisch nichts mehr sagen.«

Die beiden Jägers wurden puterrot und schwiegen. Damit hatten sie uns einen Bärendienst erwiesen und die Verhandlungen geschmissen. Somit war auch das Jahr 1991 ohne Ergebnis gelaufen. Wir mussten jetzt versuchen, wieder ein besseres Klima zu schaffen. Aber Jäger war für weitere Überraschungen gut, das ahnte ich!

Einige Wochen später waren wir wieder bei der Treuhand, Jäger, Dr. Nexö und ich. Diesmal hatten wir uns vorher ordentlich abgestimmt. Es waren also optimale Bedingungen vorhanden. Als Duncan vor seinem Büro erschien, sagte Jäger plötzlich zu uns: »Lassen Sie mich mal ein paar Minuten mit ihm alleine sprechen. Ich hab da so eine Idee.« Nexö und ich schauten uns an. Was hat er jetzt wieder vor? Jäger verschwand mit Duncan in dessen Büro und wir warteten. Über eine halbe Stunde war bereits vergangen und es tat sich nichts. Auch Nexö war sauer. »Ich komme nicht aus Salzgitter zum Termin, um dann vor der Tür zu sitzen«, sagte er wütend. Aber es nützte nichts. Fast eine Stunde saßen wir wie die Deppen vor der Tür, während drinnen Duncan und Jäger verhandelten. Dann endlich ging die Tür auf, Jäger kam heraus, mit hochrotem Kopf, zog nervös an seiner Hose und sagte zu uns: »So, ich habe heute die Firma gekauft!«

Wir waren baff! »Was haben Sie?«, fragte Dr. Nexö nach. In diesem Moment kam Duncan heraus. »Also meine Herren, nun ist die Kuh vom Eis. Ich glaube, dass Herr Jäger ein gutes Geschäft gemacht hat.« Sprach's und verschwand. In mir kochte es. Tausend Gedanken gingen mir durch den Kopf, vor allem aber einer: »Jetzt bist du draußen.« – »Wie viel wollen Sie denn bezahlen?«, fragte Nexö. »Zwei Millionen!«, antworte Jäger. Nexö schüttelte den Kopf. »Lassen Sie uns noch was essen gehen und noch mal darüber sprechen«, schlug Nexö vor.

Nach dem Essen im Lokal diskutierten wir mit Jäger. »Sie machen mir Spaß, Herr Jäger!«, sagte Nexö. »Lassen uns wie ein paar dumme Jungen vor der Tür sitzen und teilen uns dann mit, dass Sie gekauft haben. Wofür wollen Sie denn zwei Millionen bezahlen? Wollen Sie Ihr Geld verbrennen?« Jäger wurde immer unsicherer. Als wir uns trennten, hatten wir den Eindruck, dass er nicht mehr so richtig überzeugt war von seinem Tun.

Am nächsten Tag rief mich sein Buchhalter an: »Herr Jäger hat gestern ›einen Bock geschossen‹. Wir werden ihm das ausreden, das kann nicht sein Ernst sein!« – »Diesmal wird sich Duncan veralbert vorkommen, dann sind wir weg vom Fenster«, antwortete ich. »Außerdem hat sich Herr Jäger an keinerlei Absprachen gehalten mit seinem Alleingang.« – »Machen Sie sich keinen Kopf, wir werden erst mal Zeit gewinnen.« – »Ich glaube aber nicht, dass Opel noch lange wartet«, entgegnete ich.

Jäger ließ tatsächlich nichts mehr von sich hören. Nach drei Wochen rief Duncan an: »Kobert, was ist mit Herrn Jäger los? Wir wollten doch den Vertrag machen.« – »Es tut mir leid«, antwortete ich, »Herr Jäger ist Ihr Partner. Er hat gekauft.« Duncan war sauer. Wenig später war es Gewissheit, Jäger wollte nicht. Duncan rief noch einmal bei mir an und teilte mir mit, dass er das Unternehmen erneut ausschreiben werde. Er lasse sich nicht von Jäger verarschen. Für mich brach erst einmal eine Welt zusammen. Das hatte ich geahnt. Ich konnte bald mit leeren Händen dastehen. Herr Jäger hatte sich, obwohl er etliche

Jahre im Geschäft war, als völlig unprofessionell erwiesen. Er hatte sich überschätzt, war ohne Realitätssinn und Geschick. Damit waren wieder viele Wochen verstrichen und wir waren keinen Schritt weiter.

Muskelspiele

Einige Tage später saß ich in meinem Büro, als die Tür aufgerissen wurde und ein Mann hereinstürmte. Meine Sekretärin hatte noch versucht ihn aufzuhalten. Ein Typ wie ein Zuhälter, mit offenem Hemd und Goldkette. »Was wollen Sie?«, fragte ich ihn. »Ich komme von der Treuhand und will den Laden kaufen!«, antwortete er. »Geben Sie mir bitte den Opel-Vertrag!«, forderte er. Ich versuchte ruhig zu bleiben. »Dann haben Sie gewiss eine Legitimation, oder?« – »Die brauche ich nicht!«, antwortete er schroff. »Den Opel-Vertrag darf ich Ihnen nicht zeigen, weil er vertraulich ist. Meine Sekretärin gibt Ihnen eine Telefonnummer, da können Sie sich erkundigen und jetzt entschuldigen Sie mich, bitte verlassen Sie mein Büro.« Ich stand auf und zeigte ihm, dass ich es ernst meinte.

Wütend verschwand er. »Was war denn das für einer?«, fragte meine Sekretärin, Frau Schneider. »Der hatte ja ein Auftreten!« – »Das kann jetzt öfter passieren, seit der Jäger die Sache vergeigt hat!«, antwortete ich.

Anschließend rief ich in Berlin an und informierte Herrn Rind über den Vorfall. »Das war richtig, wir geben keine Verträge aus der Hand.« Ich bat ihn, die Treuhand über den Vertragsstatus zu informieren, damit solche Dinge nicht wieder passierten. Gleichzeitig ermahnte er mich nochmals, mit der Privatisierung »in die Strümpfe« zu kommen.

Nach ein paar Tagen rief mich Duncan wieder an. Er beschwerte sich darüber, wie ich einen potenziellen Käufer behandelt habe. »Das trifft nicht zu!«, antwortete ich. »So, wie der sich benommen hat.« – »Der

Opel-Vertrag gehört Ihnen?«, fragte er weiter. »Das wissen Sie doch, wer die Firma kauft, hat nicht automatisch den Vertrag!«, antwortete ich. Jetzt merkte ich, dass ich wieder ein bisschen die Oberhand gewann. »Bewerben Sie sich bitte neu. Wir müssen zu einem Ergebnis kommen. Ich melde mich wieder!«, sagte er und legte auf.

Ein Sonderbeauftragter der Adam Opel AG mischt mit

Ich informierte den Distriktleiter über die aktuelle Situation und bat um Unterstützung der Adam Opel AG. Gleichzeitig äußerte ich die Bitte, mir einen anderen Partner zu besorgen, da Jäger bisher nichts bewegt hatte. Der Distriktleiter versprach, sich darum zu kümmern. Wenig später rief er mich an. Opel habe einen Sonderbeauftragten für den Osten benannt. Rochen, so hieß der Mann, werde mit uns zusammen zur Treuhand fahren, um eine Lösung zu finden. Jäger sei aber weiter dabei, das sei der Wunsch von Herrn Winterfeld, dem Direktor des Verkaufs. Dachte ich es mir doch! Jäger musste einen Fürsprecher haben und das war Winterfeld. Das Gespräch bei der Treuhand fand einige Wochen später statt. Rochen gab auch keine besonders gute Figur gegenüber Duncan ab. Der Durchbruch war dieses Gespräch nicht! Duncan betonte lediglich, dass wir gute »Karten« hätten, der Verkauf aber bald vonstattengehen müsse, sonst werde man das Unternehmen liquidieren.

In einem internen Gespräch mit Rochen meinte er: »Wir sollten uns noch einmal zusammensetzen und ein neues Konzept erstellen.« – »Zum wievielten Male?«, dachte ich bei mir. So langsam wurde ich der ganzen Sache müde. Ich wollte mich endlich auf das Geschäft konzentrieren! Erst Jäger mit seinen Aktionen und jetzt der! Wie sollte es weitergehen? Wo endete das alles?

Ich traf mich mit meinem Steuerberater, zu dem ich als einzigem noch Vertrauen hatte und dessen Rat ich akzeptierte. »Warum wollen Sie eigentlich die Firma von der Treuhand kaufen?«, fragte er mich. »Fahren Sie sie doch gegen die Wand. Gründen Sie eine neue Firma und sparen Sie das Geld!« – »Ich habe zu viel investiert, persönlich. Wir haben einen Namen, die Leute ...«, antwortete ich. »Das sind alles keine Gründe«, argumentierte er. Er hatte Recht, aber das sah ich erst später.

Ich hing an der Firma, wollte die Leute nicht vor den Kopf stoßen. »Ihr aus dem Osten seid zu sozial, dafür gibt es keinen Dank!«, entgegnete er. »Warum tun Sie sich das an?« – »Ich will es schaffen mit dieser Firma! Ich brauche das Erfolgserlebnis!« entgegnete ich.

Der Europapokal und Werder Bremen in Halberstadt

Ein Erfolgserlebnis konnte ich mir selbst schaffen. Mein Verein Germania Halberstadt, dessen Präsident ich damals war, sollte im Juli gegen Werder Bremen spielen. Ich wollte dieses Spiel zur Vermarktung unserer Firma nutzen, da wir Hauptsponsor waren. Bremen war frischgebackener Europapokalsieger. Das Spiel wurde über einen Schulfreund Dr. Böhmerts, dem Präsidenten von Werder, eingefädelt. Vor dem Spiel rief ich Willi Lemke, den Manager, an und fragte ihn, ob wir den Europapokal vor dem Spiel bekommen könnten, wir wollten ihn in einer Bank ausstellen. »Es ist sehr ungewöhnlich, dass der Cup außer Haus geht«, sagte er, »aber wenn Böhmert es abnickt, ist es okay.« Dr. Böhmert sagte Ja und so konnten wir den Pokal 14 Tage vor dem Spiel abholen. Das war alles gar nicht so einfach, der Cup musste versichert werden. Aber was war solch ein Pokal wert? Ich sprach einige Versicherungen an, aber keine wollte so richtig. Erst am

Morgen vor Fahrtantritt sagte Herr Schwarz von der Allianz zu. Also konnte es losgehen.

Der Polizeichef hatte mir noch zwei Beamte in Zivil mitgegeben. Mit diesem Schutz machten wir uns auf den Weg nach Bremen, den Europapokal nach Halberstadt zu holen. In Bremen angekommen, trafen wir uns zunächst mit Werders Präsident Dr. Böhmert. Dieser war in der Nähe Halberstadts geboren und hatte in Halberstadt Abitur gemacht. Er war dieser Stadt noch immer verbunden, das merkte man. Anschließend fuhren wir ins Stadion zur Geschäftsstelle, um den Pokal in Empfang zu nehmen. Wir meldeten uns bei Willi Lemke, dem Manager. Dieser führte uns zunächst durch das Stadion. Wir waren beeindruckt!

Dann ging es zum »Allerheiligsten«, einer riesigen Glasvitrine mit vielen Pokalen. Er schloss auf und drückte mir den Cup in die Hand. Das war also das Objekt der Begierde der europäischen Fußballvereine. Behutsam nahm ich ihn an mich. »Bringt ihn heil wieder«, sagte er lachend, »sonst steinigen sie mich.« Der Pokal wurde dann eine Woche in der Sparkasse und der Deutschen Bank ausgestellt und war natürlich ein Publikumsmagnet. Kurz vor dem Spiel bekam die Bildzeitung Wind von der Sache. Man machte einige Fotos mit mir und dem Pokal und schrieb eine kleine Story darüber.

Am 11. Juli 1992 fand das Spiel dann im Friedensstadion in Halberstadt statt. 8000 Zuschauer waren da, das Fernsehen übertrug Ausschnitte. Ein Riesenpodium für meine Firma, wir konnten uns bestens präsentieren. Otto Rehhagel fuhr im Opel Cabrio eine Runde mit dem Europapokal. Wir hatten danach als Firma und Sponsor ein tolles Image und profitierten noch Wochen davon. Dass Werder standesgemäß mit 6 : 0 gegen unser Landesligateam gewann, tat dem keinen Abbruch.

Der Europacup beschäftigte noch einmal die Gemüter. Das Fußballteam von Werder war schon mit dem Bus unterwegs, die Offiziellen waren noch bei der Pressekonferenz, als ein Mitarbeiter unseres Vereins hereinkam und den Pokal aufgeregt schwenkte. »Die haben den vergessen.« Kein Problem, die Polizei erhielt den Auftrag, dem Bus hinterherzufahren und den Pokal zu übergeben. Ja, das war mein Erfolgserlebnis und ein bisschen Ablenkung von den eigenen Problemen.

Jetzt aber musste ich die Privatisierung schaffen, sonst würde uns Opel fallenlassen, das war mir klar. Die Zeit lief gegen uns.

Jäger will es alleine machen

Wir setzten uns wiederum mit Jäger zusammen, obwohl ich mittlerweile große Bedenken hatte, mit ihm zum Ziel zu kommen. Viele Male waren wir inzwischen wieder bei der Treuhand gewesen, doch ein Ergebnis zeichnete sich nicht ab. Eines Tages rief mich Jäger an, ich solle doch einmal zu ihm rüberkommen, er hätte etwas Wichtiges mit mir zu bereden. Ich war gespannt, was es diesmal wieder war, und fuhr zu ihm. Zunächst zeigte er mir seine neueste Errungenschaft, ein Grundstück mit See und Heidschnucken. »Sehen Sie, Kobert, das ist alles meins. Ich habe Grundstücke und Firmen und vor allem Eigenkapital. Und was haben Sie?« – »Was soll diese Eierei wieder?«, dachte ich und sagte: »Das haben wir doch schon mehrmals besprochen. Wenn der Kaufpreis feststeht und die Investition, dann besorge ich mir Geld aus den Fördertöpfen.« – »Aber das ist kein Eigenkapital!«, entgegnete Jäger. »Kobert, lassen Sie mal unsere Vereinbarung sein. Die wurde auch schon mehrmals geändert und mein Anteil wird immer kleiner. Ich kaufe das ›Dingens‹ jetzt und dann werden Sie beteiligt. Denn ich habe das Geld und trage das Risiko. Sonst kommen wir nie zu Potte.«

Also, es war klar. Er wollte mich raushaben und hatte mich bisher nur als Alibi-Ossi gebraucht. »Überlegen Sie sich das, ich mache Ihnen ein gutes Angebot.« Das war es also. Er kassierte den Opel-Vertrag und ich machte die Arbeit. Ich fuhr demoralisiert nach Hause! Kurz danach starb mein Vater, so dass ich einige Tage andere Probleme im Kopf hatte. Die Stadt hatte mittlerweile meinem Antrag auf ein Grundstück im neu entstehenden Gewerbegebiet zugestimmt. Das hieß, ich hatte einen Standort direkt an der Bundesstraße neben einem Möbelkaufhaus. Dort konnten wir bauen. Das wusste auch Jäger.

Eines späten Abends rief mich Duncan von der Treuhand zu Hause an. Ich stutzte, das war ungewöhnlich. »Ja, Kobert, Sie müssen schon entschuldigen, wir haben eben die Verhandlungen mit Herrn Jäger abgebrochen.« Ich war erstaunt. »Wieso verhandelt Herr Jäger mit Ihnen allein?«, fragte ich. »Er hat uns angerufen und uns erzählt, dass Sie ausgestiegen seien und nicht mehr wollten. Außerdem bekomme er den Opel-Vertrag für Halberstadt. Wir haben aber gemerkt, dass hier etwas nicht stimmt. Jetzt ist er draußen. Endgültig.« Das war der Gipfel! Jäger hatte also versucht, allein an die Firma zu kommen. »Was machen wir jetzt?«, fragte Duncan kleinlaut. »Ich rufe Sie in den nächsten zwei Tagen an und mache einen Vorschlag mit drei Gesellschaftern aus der Firma. Mantelkauf ohne Grundstück, denn ich habe ein neues im Gewerbegebiet«, sagte ich. »Gut«, meinte er, »machen Sie mir einen Vorschlag. Wir müssen zu einem Ende kommen!«

Ich hatte kess drei Gesellschafter genannt, ohne sie zu haben. Auch das neue Grundstück hatte ich bisher nicht gekauft. Doch jetzt musste ich bluffen! Vor ein paar Wochen hatte ich einen Banker einer großen Bank unserer Stadt kennengelernt, Peter Fleischer. Dieser hatte mir seine Karte gegeben und gesagt: »Wenn Sie mal eine Finanzierung brauchen, wenden Sie sich an mich. Wir entscheiden schnell.«

Endspurt

Am nächsten Morgen rief ich Fleischer an. Ich brauchte jetzt seine Hilfe! Am Telefon schilderte ich ihm kurz die Situation. Er sagte, ich solle vorbeikommen und alle Unterlagen mitbringen, die wichtig waren. Also packte ich die notwendigen Unterlagen zusammen und fuhr zur Bank. Nachdem er alles gesichtet hatte, sagte er: »Jäger wird jetzt versuchen an das neue Grundstück heranzukommen, das ist Ihr Trumpf.« – »Kann ich denn den Vertrag unterschreiben?« Er dachte nach: »Ja, da passiert erst mal nichts. Machen Sie gleich heute einen Termin, wir geben Ihnen die Bürgschaft. Was haben Sie weiter vor?« – »Ich werde jetzt mit der Treuhand über den Kaufpreis des Mantels verhandeln. Das Grundstück muss die Treuhand nun selbst kaufen. Dann spreche ich mit den zwei Gesellschaftern. Ich hab sie im Kopf, sie wissen bloß noch nichts von ihrem Glück.« – »Gut, dann viel Glück. Melden Sie sich, wenn Sie Ergebnisse haben!«, sagte Fleischer.

Als Erstes rief ich den Notar an und bekam auch kurzfristig einen Termin. Dann lud ich Schmidt und Pape ein, die ich auserkoren hatte, und erläuterte ihnen mein Vorhaben, sie zu Mitgesellschaftern für den neuen Betrieb zu machen. Die beiden waren natürlich überrascht und auf so etwas nicht vorbereitet. Sie wollten Bedenkzeit. »Aber nur drei Tage!«, sagte ich. »Wir müssen handeln. Und kein Wort in der Firma!« Jäger hatte sich mittlerweile Informanten in der Firma gekauft, deshalb musste alles geheim ablaufen.

Denn dass wirklich Eile geboten war, zeigten zwei Schreiben: **Schreiben Nr. 1** ging irrtümlich bei mir ein. Es stammte von Winterfeld, dem Direktor Verkauf von Opel. Darin gratulierte dieser Jäger zur erfolgreichen Privatisierung unserer Firma und sicherte ihm gleichzeitig den Opel-Vertrag für Halberstadt zu. **Schreiben Nr. 2** kam von der Stadt. Hier teilte man mir mit, dass ein Herr Jäger bei ihnen vorgesprochen habe und das Grundstück beanspruche, welches mir zugesichert war. Sie sähen aber keinen Handlungsbedarf. Dann rief ich die Treuhand an, um mit Duncan einen Termin zu machen. Dieser war aber mittlerweile nicht mehr da, Rechtsanwalt Weiner war jetzt zuständig. Dieser würde mit mir die Verhandlungen führen und auch die Verträge machen. Es schien, als sei die Treuhand in Auflösung.

Am nächsten Tag fuhr ich nach Magdeburg. Ich fragte Weiner, den ich auch schon länger kannte, zunächst, was los sei. »Ja, Duncan hat seine Tätigkeit beendet. Es wird umstrukturiert, vieles geht nach Berlin.« Also begannen wir mit den Verhandlungen. Ich nannte ihm meine Vorstellungen. Nach vier Stunden wurden wir uns einig. Ich sollte den Mantel übernehmen für 1,2 Millionen DM, die Treuhand übernimmt das Grundstück. Das hieß, drei Verträge. Er holte Musterverträge hervor, die etliche Seiten dick waren. Für den Käufer nur Pflichten, zum Beispiel Arbeitsplatzbindung für 50 Leute für fünf Jahre, mit Androhung von Strafe bei Nichteinhaltung, Übernahme von Altschulden und der gezahlten Abfindungen. Alles Klauseln und Bedingungen, die heute kein Mensch unterschreiben würde. Aber ich wollte die Firma und den Opel-Vertrag behalten und die Zeit lief ab. Opel hatte mir bereits angedroht, mir wegen »Inaktivitäten« den Vertrag zu nehmen. Jäger hatte natürlich das bisherige Scheitern der Verhandlungen mir in die Schuhe geschoben. Also fuhr ich nicht gerade glücklich mit viel Papier nach Halberstadt, um mich mit der Bank und dem Rechtsanwalt abzustimmen. Meine künftigen Partner hatten bereits zugestimmt mitzumachen.

Es war Donnerstag und am Montag wollte die Treuhand die Finanzierungszusage der Bank haben. Ich rief wieder Fleischer von der Bank an, schilderte ihm die Situation. »Gut, bringen Sie mir alle Unterlagen vorbei, wir prüfen das, und wenn wir überzeugt sind, haben Sie Montag die Zusage«, sagte dieser.

Montagfrüh rief er zurück. »Wir sind einverstanden, Sie können die Verträge unterschreiben.« Ich war glücklich! »Das Fax zur Finanzierung geht heute raus«, ergänzte er. Weiner gab mir für Donnerstag, den 26. November einen Termin zur Vertragsunterzeichnung. Wir sollten uns Zeit nehmen, da er vorher keine Zeit habe, die Änderungswünsche zu den Verträgen zu besprechen.

Am Tag der Vertragsunterzeichnung mieteten wir in der Nähe der Treuhand in einem Hotel ein Besprechungszimmer. Wir reisten bereits früh um 09.00 Uhr an. Mit dabei waren mein Rechtsanwalt und meine künftigen Partner. Dann ging es immer hin und her zwischen der Treuhand und dem Hotel. Die Verträge wurden buchstäblich »heiß gestrickt«.

Nach 22.00 Uhr war es dann so weit. Wir hatten alle drei Verträge unterschrieben und waren nun Gesellschafter des Autohauses. Für ein Jahr hatten wir noch einen Mietvertrag im alten Objekt, bis dahin musste der Neubau stehen. Weiner ging, als wir fertig waren, in einen Nebenraum, wo noch einige Herren der Treuhand saßen, unter anderem der Leiter dieser Niederlassung, und rief laut: »Jetzt ist die Kuh vom Eis. Wir haben eben das Autohaus Halberstadt privatisiert, einen der längsten und schwierigsten Fälle.« Der Chef kam raus und gratulierte uns.

Im Hotel tranken wir noch einen Schluck und fuhren dann nach Hause. Plötzlich war ich nicht mehr sicher, das Richtige getan zu haben. Zweifel kamen. Aber es war doch mein Ziel gewesen! Wir konnten damals auch nicht im Entferntesten ahnen, was uns noch bevorstand.

Am nächsten Tag informierten wir die Belegschaft über den Kauf der Gesellschafteranteile. Wir waren sicher, dass diese Botschaft bald bei Herrn Jäger sein würde. Die meisten waren erleichtert, dass erstmals klare Besitzverhältnisse geschaffen waren, und hatten Vertrauen zu uns. Nachmittags stand der Distriktleiter auf der Matte. Zufall? Er belegte mich wieder wegen der Privatisierung, des Vertrags und anderer Dinge. »Sie können beruhigt sein, wir haben gestern gekauft.« – »Was? Wie?« Er schien überrascht. Ich zeigte ihm die Verträge, und er lief zum Telefon und telefonierte mit Berlin. Dann kam er wieder: »Herr Rind möchte Sie sehen, am Montag um 20.00 Uhr in der Vertriebsregion.« – »Jetzt spielen sie mit den Muskeln«, dachte ich bei mir, »aber wir haben jetzt die Oberhand. So schnell können sie den Vertrag nicht mehr kippen.« Denn ich wusste, was ich nicht wissen durfte, dass sie Jäger den Vertrag zugesagt hatten, obwohl dieser sie belogen hatte, was die Privatisierung betraf. »Bereiten Sie sich bitte gut vor«, sagte der Distriktleiter, als er ging. »Das werde ich!«, antwortete ich selbstbewusst.

Opel bittet zum Rapport

Am Montag fuhr ich mit dem Auto bis Magdeburg und stieg dann in den Zug nach Berlin, denn ich wollte entspannt dort ankommen, das war wichtig. In Berlin angekommen, lief ich gemütlich zu Fuß vom Bahnhof zum Internationalen Handelszentrum, wo Opel die Vertriebsleitung Ost etabliert hatte. Ich meldete mich an und wartete im Vorzimmer. Eine Sekretärin führte mich dann ins Besprechungszimmer.

Hier saßen um einen runden Tisch versammelt der Vertriebsleiter Ost, mein Distriktleiter und zwei weitere Herren. »Na, Kobert, nun erklären Sie uns mal, wie Sie das Autohaus Halberstadt privatisiert haben!«, begann Rind das Gespräch an mich gewandt. Ich schilderte den Anwesenden in knapper Form die Aktivitäten der letzten Wochen mit den Ergebnissen der Vertragsunterzeichnung und dem Grundstückskauf. Die Herren hörten gespannt zu. Natürlich vergaß ich nicht, die »herausragende« Rolle Herrn Jägers zu erwähnen. Rind lächelte. »Na gut, wenn die Chemie nicht mehr stimmt, ist es besser, man geht getrennte Wege. Aber nun erklären Sie uns bitte, wie Sie das alles finanzieren wollen!« Ich verwies auf mein Konzept, das von der Bank geprüft und für gut befunden worden war, sonst hätte ich die Verträge nicht unterschreiben können. »Gut, Kobert, wir waren nur überrascht, nachdem es fast drei Jahre gedauert hatte und es jetzt so schnell ging! Denken Sie daran, dass jetzt der Neubau kommen muss. Reicht das Geld denn dafür noch?«, fragte Rind wieder. »Das steht alles im Konzept«, antwortete ich. »Ich garantiere Ihnen, dass Ende 1993 der Neubau steht und wir einziehen werden!«, setzte ich nach. »John«, wandte sich Rind an den als Unternehmensberater vorgestellten Herrn, »Sie fahren in den nächsten Tagen nach Halberstadt und prüfen noch einmal vor Ort nach, was der Kobert hier vorgetragen hat. Von Halberstadt erwarten wir nun Marktzahlen, da der Kopf dafür ja jetzt frei sein muss. Winterfeld, unseren Verkaufsdirektor, werde ich darüber informieren, den Jäger zurückzupfeifen. Kaputte Teller sollte man nicht kleben.«

So fuhr ich sichtlich erleichtert nach Hause. Wir hatten eine wichtige Hürde genommen, aber es würden noch etliche zu nehmen sein. Eine Liebesheirat wurde das mit Opel nicht, das war mir jetzt sehr klar!

2. Kapitel   1993 bis 2000

Aufstieg und Fall

Machtteilung

Nachdem wir die Kaufverträge abgewickelt hatten, wurde der **Gesell-schaftsvertrag (22)** neu gefasst, Geschäftsführerverträge erarbeitet und eine neue Aufgabenverteilung vorgenommen. Herr Schmidt war für die Werkstatt verantwortlich, Herr Pape übernahm den Verkauf und ich das gesamte Händlergeschäft, inklusive der Buchhaltung. Da bisher die beiden Mitgeschäftsführer wenig Erfahrung im Management hatten, legten wir einen internen Schulungs- und Qualifizierungsplan fest. Dieser enthielt sowohl innerbetriebliche als auch außerbetriebliche Fortbildungen für die beiden. Sie mussten so schnell wie möglich fit gemacht werden.

Schmidt und Pape standen erstmals auf der anderen Seite des Unternehmens, waren Arbeitgeber. Jetzt mussten sie in ihre neue Rolle hineinwachsen, sie verstehen. Das alles würde Zeit brauchen. Ich stellte mir auch die Frage, ob wir uns menschlich verstehen würden. Schmidt kannte ich schon länger, er war ein ruhiger, ausgeglichener Typ. Pape war mir relativ unbekannt, aber positiv aufgefallen, als er sich beim Aufbau des Lagers engagiert hatte. Er war auch fast zehn Jahre jünger als Herr Schmidt und ich. Nun, das musste noch ausgelotet werden, ob wir zusammenpassten. Dieses Risiko mussten wir eingehen, denn wenn die Kredite ausgereicht wurden, gab es kein Zurück mehr. Wir saßen in einem Boot.

Es herrschte Aufbruchstimmung. Wir waren alle positiv eingestellt und freuten uns auf die Zukunft. Dann wurde auch der Zeitrahmen für die Neubauinvestition gesteckt. Ziel war es, Ende 1993 den Neubau fertigzustellen. Damit lag ein Berg von Aufgaben vor uns, dem wir uns aber hoch motiviert stellten. Für die Ausschreibung der Bau- und Projektierungsarbeiten mischte immer wieder OPEL mit. Sie wollten ganz genau bestimmen, wie groß alles werden sollte und vieles mehr. Unsere Vorstellungen lagen weit auseinander, denn es musste ja für uns alles finanzierbar bleiben. Unser Grundkonzept für den Neubau stand schon, aber wir würden Kompromisse schließen müssen. Die Gespräche wollten wir im März nach meiner Rückkehr aus Barcelona, wo die Händlerpräsentation des neuen Corsa stattfand, fortsetzen.

Fiesta Barcelona

Im Februar 1993 fand ein halbes Jahr nach den Olympischen Spielen in Barcelona die Präsentation des neuen Opel Corsa für die Händler aus ganz Europa statt. Im 3-Tage-Rhythmus landeten Flugzeuge mit Opel-Händlern aus ganz Europa auf Barcelonas neuem Airport. Meine Frau und ich flogen am 11. Februar, einem bitterkalten Tag, von Leipzig nach Barcelona. Als wir eintrafen, herrschten dort frühlingshafte Temperaturen. Wir waren gespannt, was uns erwartete. Es war unsere erste Präsentation und dazu noch im Ausland. Nach dem Einchecken im Hotel konnten wir uns noch ein bisschen in der Stadt umsehen. Die Planer hatten zu den Olympischen Spielen ganze Stadtteile entkernt und umgestaltet. Viel Postmodernes neben alten repräsentativen Bauten war entstanden. Dann ging es mit Bussen zur Präsentation. Opel hatte einen Bahnhof gemietet und diesen mit gigantischer Bühnentechnik in eine Showbühne verwandelt. Dort wurde der Corsa mit einer super Show vorgestellt. Wir waren begeistert, so etwas hatten wir noch nie erlebt.

Es gab mehrere drehbare Tribünen, auf denen die unterschiedlichen Ausführungen des Corsa fuhren und sich mit uns, den Zuschauern drehten. Zum Schluss öffneten sich die Tribünen und wir konnten erstmals den Corsa in Augenschein nehmen. Über 50 Fahrzeuge standen bereit.

Mein Problem war nur, dass ich im Flugzeug nichts gegessen hatte, in der Hoffnung, ich würde dies im Hotel tun können. Irrtum! Wir hatten zwischen den Standortwechseln auch keine Zeit. So quälte mich ein großer Hunger und als es um 0.30 Uhr ein kleines Büfett mit Häppchen gab, verschlang ich diese ausgehungert. Um 2.30 Uhr ging es endlich mit Bussen zum Abenddiner. Dafür hatte Opel ein Schiffsmuseum gemietet, dieses teilweise geräumt und eine kleine Stadt darin errichtet. Neben einem fantastischen Essen fand wieder eine Show statt. Hier traf ich auch Herrn Jäger, meinen Beinah-Partner. Er grüßte freundlich, aber es gab kein Gespräch zwischen uns. Am nächsten Tag machten wir zunächst eine Stadtrundfahrt in Bussen des FC Bayern München. Es war beeindruckend! Gaudí und andere Künstler hatten ihre Spuren in dieser Stadt hinterlassen. Die **Sagrada Familia (23)**, die immer noch unvollendet ist, und der Olympiapark beeindruckten uns sehr. Anschließend ging es zum Mittagessen ins Casino Barcelona, das in einem herrlichen Park lag. Rummenigge und Hoeneß von Bayern München, dem Bundesligaverein, den Opel damals sponserte, waren Ehrengäste. Abends konnten wir dann noch einmal individuell die Stadt erkunden. Am nächsten Tag flogen wir dann voller Eindrücke und hoch motiviert zurück, überzeugt, dass der Corsa ein Verkaufsschlager werden würde. Ein Ereignis warf jedoch einen Schatten über diese Veranstaltung.

Beim Einchecken im Flughafen brach ein Händler aus Greifswald zusammen und verstarb noch am Ort. Wir waren erschüttert! Rind, unser Chef Ost, musste deshalb später mit der Familie und dem Leichnam zurück nach Deutschland fliegen. War das etwa ein schlechtes Omen?

In Halberstadt warteten die Mitarbeiter schon gespannt auf meine Rückkehr. Wie sieht er aus, der Corsa? Ich musste viele Fragen beantworten, denn Ende März sollte die Vorstellung sein und darauf freuten sie sich schon. Doch jetzt ging es erst einmal darum, den Neubau voranzutreiben, damit wir bald ein richtiges Autohaus hätten.

Bauberatung, die zweite

Wieder trafen wir uns in der Runde, Opel-Bauberatung, **Händlermanagementplanung** (24), Distriktleiter und die drei Gesellschafter. Nur diesmal ging es um ein anderes Grundstück. Wir hatten drei Jahre Erfahrung auf dem Markt und wussten, dass der erste Verkaufsboom sich gelegt hatte. Unser Unternehmen hatte 1992 bereits 12 Millionen Mark umgesetzt. OPEL wollte die Verkaufsprognosen weiter nach oben treiben. Nach langen Diskussionen blieben wir bei der Zielplanung von Opel, die mir aber sehr hoch erschien. Auch bei der Bauplanung gab es hitzige Debatten mit unserem Hersteller. Opel wollte ein großes, repräsentatives Objekt mit mindestens 900 Quadratmetern Ausstellungsfläche. Wir hatten in unserer Planung einen Achteckkörper vorgesehen, den man nach und nach erweitern konnte. Diese Überlegung fand auch der Architekt gut. Da wir eine große Werkstattfläche brauchten, lagen wir mit der Ausstellungsfläche schon bei 2000 Quadratmetern überbauter Fläche. Auf meine Frage, ob Opel denn etwas dazugebe, antwortete der Distriktleiter: »Sie haben mit OPEL ein hervorragendes Produkt, das ihnen Geld ohne Ende bringt. Mit der Abzahlung werden Sie vorzeitig fertig sein.« Die Diskussion ging noch eine Weile, Opel blieb hart – entweder diese Größe oder es komme ein zweiter Händler nach Halberstadt. Diese Drohung hörten wir nun noch oft. Also fügten wir uns letztendlich zähneknirschend und bereiteten auf der Basis der Opel-Forderungen die Ausschreibung zum Bau des neuen Autohauses vor.

Einige Zeit später, kurz vor der Neuvorstellung des Corsa besuchte mich der Distriktleiter. Er hatte mich Wochen vorher gedrängelt, ein **Großabnehmergeschäft (25)** mit einer großen Autovermietung zu tätigen. »Also Kobert, wie sieht es aus? Sie wissen, Opel muss die Marktführung im Osten verteidigen, dazu müssen Zulassungen her. Wir erwarten, dass Sie 50 Fahrzeuge mit der Autovermietung machen.« – »Das ist ein Volumen von 1,3 Millionen Mark!«, entgegnete ich. »Die Autos kommen alle in einem kurzen Zeitraum zurück, die muss ich dann vermarkten. Dazu brauche ich eine zusätzliche Finanzierung. Finanziert denn die Opel-Bank?« – »Nein, da müssen Sie sich an Ihre Hausbank wenden.« – »Dort sind aber die Zinskonditionen schlechter«, antwortete ich. So ging die Diskussion hin und her. Schließlich fragte ich: »Sind diese Fahrzeuge denn in den Verkaufsprogrammen? Bekommen wir Verkaufshilfen? Nur so sind sie attraktiv für uns, sonst verdienen wir gar nichts.« – »Ich werde das klären. Sie bekommen Bescheid, aber kommen Sie aus dem Knick, wir brauchen diese Fahrzeuge. Denken Sie bitte daran, wenn Sie das Volumen nicht bringen, kommt ein zweiter Händler.« Schon wieder diese Drohung. In mir kochte es. Opel wusste, dass wir erst einmal bauen mussten. Nun sollten wir schon wieder zusätzliche Finanzmittel organisieren. »Teilen Sie mir mit, ob diese Fahrzeuge gewertet werden, dann spreche ich mit der Bank«, entgegnete ich.

Ein paar Tage später rief der Distriktleiter wieder an und versicherte mir, dass die Fahrzeuge gewertet würden. Er gab es mir aber nicht schriftlich und ich vertraute auf sein Wort, was sich später als Fehler erweisen sollte und uns viel Liquidität kosten würde. Die Bank gab mir nach einigen Verhandlungen den Kredit, damit wir den Rückkauf der Fahrzeuge abwickeln konnten, und wir machten das Geschäft mit dem Autovermieter. Ich hatte dabei kein gutes Gefühl. Mit solchen Geschäften wurden damals die Zulassungszahlen gepuscht. Doch die

Händler bekamen bei der Rückabwicklung, dem Verkauf der Fahrzeuge, viele Probleme. Die Fahrzeuge waren einfach noch zu teuer für den Wiederverkauf.

Der neue Corsa

Die Vorstellung des Corsa würde die letzte im alten Objekt sein, das war unser Ziel. Sie fand Ende März statt. Wir hatten wieder einige Highlights organisiert, das Wetter passte und viele Leute kamen. Wie beim Astra schrieben die Verkäufer viele Verträge. Opel und unser Haus hatten sich in der Region einen guten Namen gemacht. Mit der Corsavorstellung startete ich unser Werbemaskottchen »Rüssli«. Das war ein kleiner Elefant, der mit coolen Sprüchen unsere Werbung unterstützten sollte. Über zwei Jahre musste ich alle 14 Tage eine neue Geschichte erfinden und zeichnen. Viele Leute warteten schon darauf. Damit unterstützte der Elefant unser Verkaufsgeschäft. Opel war das aber gar nicht recht, sie wollten ihre eigenen Werbevorlagen sehen, die teilweise einfallslos waren. Es gehe um das einheitliche Auftreten von Schleswig-Holstein bis Bayern, meinte der Distriktleiter. »Warum geben Sie so viel Geld dafür aus? In jedem Ort gibt es andere Schwerpunkte«, meinte ich. »Deshalb muss auch die Werbung unterschiedlich sein.« Da der Erfolg uns Recht gab, ließ man uns noch gewähren. Der Corsa B, der im März 1993 vorgestellt wurde, war das erfolgreichste und beliebteste Modell der Adam Opel AG und auch in der Qualität ein Maßstab, und er sollte es auch bleiben.

Baubeginn

Nachdem wir alle Angebote der Ausschreibung für den Neubau geprüft hatten, es lagen insgesamt zehn Angebote vor und die Preise schwankten zwischen 3 und 10 Millionen Mark, entschieden wir uns für die Hallenprofis, ein Unternehmen aus der Region. Bei denen war die Architektenleistung inklusive, so dass der Preis überschaubar blieb. Wir hatten lange gehandelt, bis wir uns einig wurden. Dabei kam mir auch meine Erfahrung als ehemaliger Leiter einer Projektierungsabteilung zugute. Die Hallenprofis wollten uns als Referenzobjekt im neu entstehenden Gewerbegebiet Sülzegraben. Am 6. April unterzeichneten wir die Verträge. Baubeginn sollte im Juni sein und die Fertigstellung im Dezember des Jahres. Das war gerade ein halbes Jahr, Rekord, wenn es klappen sollte!

Am 10. Juni war es dann so weit: der erste Spatenstich. Es war ein tolles Gefühl, als die Bagger sich in die Erde wühlten. Auf der Baustelle stand ein kleiner Bauwagen, hier trafen wir uns jede Woche mehrmals mit dem Auftragnehmer, den Hallenprofis. Ich hatte einen Bauleiter beauftragt, der fachlich unsere Interessen vertrat. Als die Grundfläche des Baukörpers freigelegt und abgesteckt war, liefen Herr Schmidt und ich die künftigen Gebäudeteile ab. »Hier kommt das Lager hin, dort ist Ihr künftiger Platz!« Schmidt meinte: »Sieht alles sehr klein aus.« – »Das täuscht«, entgegnete ich. Ich stellte mir vor, wie die Sonne in das neue Gebäude schien und Leute ein und aus gingen. Jetzt wurde er langsam Realität, unser Traum vom Autohaus. Wir ließen dann ein großes Schild aufstellen, darauf stand: **Hier entsteht das neue Opel-Autohaus auf einer Fläche von 11.000 m².** Bauherren: unsere drei Namen. Daneben platzierten wir zwei Opel-Fahnen. Jetzt konnte es jeder sehen: Es ging los! Wir waren stolz! Auch dem Distriktleiter von Opel zeigte ich die Baustelle, damit er berichten konnte, in Halberstadt ginge es voran.

Der Umgang mit der Macht ist schwierig

Da meine beiden Mitgesellschafter praktisch über Nacht zu Geschäftsführer wurden, musste ich sie auch kräftig unterstützen, damit sie das notwendige Niveau bekamen. Denn bisher passten die Schuhe nicht. Besonders Pape schoss über das Ziel hinaus. Er wollte immer gleich kündigen, wenn es Probleme mit Mitarbeitern gab. Ich erklärte ihm, dass die Mitarbeiter unser wichtigstes Kapital seien. Für uns kam es darauf an, klare Richtlinien für bestimmte Abläufe zu schaffen. Wir mussten uns durch Vorbildhaftigkeit und Professionalität die notwendige Autorität verschaffen und nicht durch Muskelspiele!

Uwe Schmidt war besonnener, eher etwas zu ruhig und bescheiden. Mir war auch klar, dass es nicht einfach für beide war, Mitarbeitern, mit denen sie noch vor kurzem auf Du und Du waren, jetzt Anweisungen zu erteilen. Daran mussten wir arbeiten, denn wir saßen jetzt in einem Boot. Mit dem Vorliegen des endgültigen Baupreises hatte unsere Hausbank die entsprechenden Darlehen bei der KFW-Bank beantragt.

Baufortschritt

Der Bau kam gut voran, wir lagen im Zeitplan! Es war eine gute Zusammenarbeit mit den Hallenprofis. Mehrmals in der Woche trafen wir uns im Bauwagen und konnten so aktiv am Baugeschehen teilnehmen. Herr Schmal, der Bauleiter, vertrat uns hervorragend. Am 19.08. war Grundsteinlegung. Wir versenkten eine Schatulle mit Münzen, einer Tageszeitung und anderem. Danach sah man täglich Fortschritte, die Stahlkonstruktion stand und die ersten Wände wurden sichtbar. Am 17.09. war es dann so weit, wir feierten Richtfest. Wir luden die Presse ein, Vertreter der Politik, die Belegschaft und natürlich Opel. Alle zeigten sich beeindruckt von dem Baufortschritt. Ich war optimistisch, dass wir im Dezember würden einziehen können. Als besondere Attraktion hatten wir einen riesigen Kran bestellt, an dessen Ausleger ein Trabant im Look eines **Opel DTM (26)** über der Bundesstraße hing. Besonders die Belegschaft inspizierte jeden Winkel des neuen Hauses. Die Vorfreude auf neue, moderne Arbeitsplätze wuchs. Auch Opel war zufrieden mit dem Baufortgang.

Nachfinanzierung

Bisher waren beim Bauablauf keine Probleme aufgetreten, aber dann kam ein kleiner Hammer. Im Bereich der Außenanlagen trat Schwemmsand auf, das hieß, der Untergrund war nicht zu befestigen. Was nun? Der Baubetrieb erläuterte uns, dass in diesem Bereich der Untergrund ausgetauscht werden musste. Mehrkosten: ungefähr 200.000 Mark! Das war hart, wir waren schon am Limit. Also hieß es, die Hausbank anrufen, einen Termin vereinbaren und eine Nachfinanzierung beantragen. Die Bank empfing uns natürlich nicht mit offenen Armen. Nach längeren Verhandlungen stimmte sie zu und gab uns einen Zusatzkredit von 200.000 Mark. Das kam nun alles noch drauf und musste getilgt werden. Aber das verdrängte ich jetzt. Jetzt durfte wirklich nichts mehr zusätzlich kommen. Hoffentlich war der Termin der Fertigstellung noch zu halten.

Die Eröffnung des neuen Autohauses

Gott sei Dank hatte die Zusatzleistung zu keiner Terminverzögerung geführt, so dass wir den 11. Dezember als Eröffnungstermin einhalten konnten. Das bedeutete natürlich einen riesigen Organisationsaufwand. Der Umzug musste drei Tage vorher vollzogen sein, das hieß, der komplette Betrieb zog mit Sack und Pack um. Aber auch diese

Hürde würden wir nehmen, der Tag hatte ja 24 Stunden! Am Freitag sollte es eine **VIP(27)**-Veranstaltung geben, für Sonnabend und Sonntag war die offizielle Eröffnung für die Öffentlichkeit vorgesehen; am Samstagabend die Radio-SAW-Disco. Das war das Programm. Der Umzug war stabsmäßig geplant, die Belegschaft zog voll mit, es freuten sich alle auf das neue Haus. Die letzten handwerklichen Arbeiten wurden erledigt. Am Freitagabend war es dann so weit, das neue Haus erstrahlte im Lichterglanz. Hundert geladene Gäste, die Belegschaft, alle angetan von dem neuen Autohaus, fanden sich ein, um die Eröffnung zu feiern.

Auch Herrn Jäger, meinen ehemaligen Partner, hatte ich eingeladen. Er erschien und war ebenfalls sehr angetan von dem Neubau. Draußen lag der erste Schnee, drinnen funkelten die Lichter, ein bewegender Augenblick – wie eine Bescherung zu Weihnachten. Wir waren ungeheuer stolz! Ein Hornbläserquartett blies zur Eröffnung, dann hielt ich meine Rede und ließ noch einmal die bewegte Zeit Revue passieren. Danach sprach Rind, unser Boss Ost. Er zeigte sich überrascht und bewegt, dass wir in Rekordzeit dieses Haus gebaut und damit unser Versprechen eingelöst hatten. Der Stadtparlamentspräsident Peter Hinz überbrachte die Grüße der Stadt. Dann übergaben die Hallenprofis offiziell den Schlüssel an die Geschäftsleitung. Artur Maurer, unser ältester Mitarbeiter, bedankte sich sichtlich bewegt für die Belegschaft bei der Geschäftsleitung. Dann konnte das Haus besichtigt werden. Niemand, der nicht unmittelbar am Bau beteiligt war, konnte nachvollziehen, was es für Kraft gekostet hatte, bis zu diesem Tag, der Eröffnung zu kommen.

Gegen 2.00 Uhr in der Früh war Schluss, um 9.00 Uhr war die Eröffnung für die Kundschaft. Wieder Programm und Stress. Auch das
war überwältigend. Ab 10.00 Uhr gab es keine Parkplätze mehr. Das
neue Haus wurde toll angenommen. Um 17.00 Uhr schlossen wir ab,
kurzes Umräumen und Saubermachen, denn um 20.00 Uhr begann
die Radio-SAW-Disco mit Peter Schilling, dem Star der **NDW (28)**,
auch ein Novum – Disco im Autohaus. Es ging alles gut, 300 Gäste
feierten begeistert bis um 3.00 Uhr. Dann hieß es wieder umräumen,
sauber machen, denn ab 10.00 Uhr war wieder mit Programm für
die Kundschaft geöffnet. Als um 16.00 Uhr die Eröffnung endlich zu
Ende war, waren wir geschlaucht, aber glücklich über die Resonanz.

Am Montag begann dann der offizielle Geschäftsverkehr im neuen
Haus, ein weiterer Abschnitt war geschafft. Was würde die Zukunft
bringen? Nun, glaubte ich, sollte ich endlich mehr Zeit haben, nach
Treuhand und Bau, um mich um das Kerngeschäft, den Absatz von
Autos zu kümmern. Aber daraus wurde wieder nichts, andere Ereignisse, die niemand »auf der Rechnung« hatte, sollten uns bald kalt
erwischen.

Der neue Omega

Doch vorher stand wieder eine Premiere an, der neue Omega kam
auf den Markt. Opel hatte den Senator eingestellt, der Omega sollte
das neue Flaggschiff des Unternehmens werden. In Stuttgart erlebten
wir die Händlerpremiere und am 30. April sollte er dann offiziell in
Deutschland vorgestellt werden. Es war unsere erste Neuwagenvorstel-
lung im neuen Haus. Für den Freitag vor der offiziellen Vorstellung
luden wir VIP-Gäste ein und präsentierten den neuen Omega mit
einem kleinen feinen Programm. Wir hatten damals viele Firmenchefs,

Gewerbetreibende, die den Vorgänger fuhren, und die waren gespannt auf den Nachfolger. Er kam gut an, sollte aber später durch viele kleine Qualitätsprobleme zu einem Problemkind werden und viele Kunden verprellen.

Sonnabend und Sonntag ging es dann weiter, wieder mit viel Programm und viel Geld. Solche Präsentationen kosteten zwischen 15.000 und 20.000 Mark, und die mussten erst einmal wieder verdient werden. Opel schrieb die Drehbücher für diese Tage, finanzierte sie aber nicht mit. Bei durchschnittlich zwei Vorstellungen im Jahr kostete das eine Menge Geld. Dazu kamen noch der Werbeaufwand, Personalkosten und vieles andere mehr, das die Händler bezahlen mussten.

Bauchschmerzen

Da wir im vergangenen Jahr das Geschäft mit der Autovermietung getätigt hatten, kamen jetzt nach und nach diese Autos als Gebrauchtwagen zurück – 50 Stück innerhalb eines Monats. Dafür hatten wir den Kredit von der Hausbank, der aber war befristet. Doch diese Autos waren im Prinzip noch zu teuer und nicht so attraktiv für den Kunden. Also mussten wir werben, werben und das kostete auch viel Geld, denn jeder Standtag brachte Verluste. Noch hatten wir ja die Verkaufshilfen, diese hatte der Distriktleiter bestätigt. Den Lagerwagenbestand spürten wir jetzt schon. Jeder Kunde, der ein Auto kaufte, brachte eins mit. Da die **Hersteller (29)** ständig auf den **Marktanteil (30)** schielten, legten sie Verkaufsprogramme auf, wie 3.000 Mark für ihren Alten, wenn Sie einen Neuen kaufen und so weiter. Das bedeutete, dass der Händler immer mit 1.500 Mark beteiligt war und der Gebrauchte über den Preis hereingenommen wurde. Das konnte auf Dauer nicht gutgehen, das war klar. Dazu kam die unmögliche Finanzierung der Opel-Bank. Diese brauchte bis zu 14 Tage, um dem Händler das verkaufte Auto zu bezahlen.

Also fuhren wir fast täglich nach Leipzig, dem Sitz der Opel-Bank, und holten unsere Schecks ab. Jeden Tag gab es lange Schlangen von Händlern, die auf Schecks warteten, wie in der DDR, wenn es Bananen gab. Ein unmöglicher Zustand! Die Händler kritisierten diesen massiv, da es bei anderen Herstellern auch anders ging, aber die Opel-Bank blieb stur. Später schloss man die Zweigbanken und verlegte den Sitz der Zentrale nach Spanien ohne Post- und Telefonadresse. Als ich mit Rind darüber sprach, sagte er: »Die Opel-Bank heißt zwar Opel, aber wir haben keinen Einfluss auf sie. Die werden von Detroit dirigiert.« – »Das verstehe, wer will«, entgegnete ich. Es war schon eigenartig, Opel wollte, dass die Händler einen höheren Lagerbestand hielten und die Opel-Bank genehmigte nur bestimmte Stückzahlen. Auch die Finanzierung der Gebrauchtwagen war mit der Opel-Bank ein Krampf. Sie wollte höhere Zinsen als bei nicht herstellergebundenen Banken. Also schauten wir uns nach anderen Banken um.

Mit der **CC-Bank (31)** fanden wir endlich eine fairen Partner, mit dem wir viele Jahre gut zusammenarbeiteten. Aber das ging erst einmal nur für Gebrauchtwagen, die Neuwagen mussten über die Opel-Bank abgewickelt werden. Das verlangte Opel – aber nur im Osten. Die Kollegen im Westen hatten sich schon längst freigemacht von dieser Bank.

Schutzgelderpressung

Ende August kam ich aus dem Urlaub zurück. Früh traf ich mich mit Schmidt, um zu klären, was in den 14 Tagen meiner Abwesenheit so alles passiert war. Er druckste eigenartig herum. »Was ist los?«, fragte ich. »Ich hatte Besuch, als du weg warst«, sagte er. »Will uns jemand erpressen?«, fragte ich ihn ironisch. »Woher weißt du das?«, fragte er. »Das war nur Spaß«, antwortete ich. »Ist es aber nicht!«, entgegnete er. Er zeigte mir die Visitenkarte eines Verkäufers vom Hyundai Autohaus aus Halberstadt. »Der war hier und erzählte mir, dass Russen, die er von früher kannte, ihn aufgesucht hätten. Sie wollten hier in Halberstadt ein Ding drehen und dazu hätten sie sich unser Autohaus ausgesucht.« – »Die wollen doch Geld! Schutzgelderpressung!«, antwortete ich. »Nein, sie machen es wie in Hamburg – alles plattmachen! Er will aber noch mit uns darüber sprechen.« – »Also doch Geld!«, schlussfolgerte ich. Ich war natürlich schockiert. Nun hatten wir endlich unser Autohaus gebaut, und dann das! »Ich rufe den Polizeichef an, den kenne ich vom Fußball!«, sagte ich zu Schmidt.

Das tat ich dann auch. Ich informierte ihn kurz am Telefon über die Situation. »Gut, komm morgen früh um 10.00 Uhr zu mir, dann ist Rikus auch da«, sagte er. Rikus war der Chef der Kriminalpolizei. Am nächsten Morgen war ich zum Termin bei Detlef Handke, dem Polizeichef, und Rikus Braun, dem Chef der Kripo, meinen Fußballkumpels. »Du machst ja Sachen«, begann Handke. Ich zeigte ihm die Visitenkarte. Er reichte sie Rikus, der nickte. »Den kennen wir«, sagte er nach einer Pause. »Der war in einem Spezialkommando der Polizei. Wir haben ihn entlassen, wegen seiner Vergangenheit. Wir müssen das LKA einschalten. Du rufst den Mann inzwischen an. Vereinbare einen Termin im Autohaus, möglichst abends. Sag ihm, dass du verhandeln willst. Wenn der Termin steht, weisen wir dich ein. Informiere uns! Und bitte zu niemanden ein Wort!« – »Okay, das mache ich«, antworte ich.

Man gab mir ein Aufzeichnungsgerät mit. »Zeichne bitte das Gespräch auf, wenn es geht«, sagten sie. Ein neues Abenteuer, dessen Ausgang ungewiss war, stand uns bevor.

Am nächsten Tag rief ich den Typen an. Ich war aufgeregt und schaltete das Gerät ein. »Sie waren vor kurzem in unserem Autohaus«, begann ich das Gespräch, »und haben mit Herrn Schmidt gesprochen. Ich bin der Hauptgeschäftsführer und möchte mit Ihnen über diese Sache sprechen.« – »Wenn Sie glauben, das hilft«, antwortete er knapp. »Was halten Sie von Donnerstag, 19.00 Uhr, bei uns, dann können wir uns über alles unterhalten«, sagte ich. »Okay, ich komme«, antwortet er wieder knapp. »Uff, das war der erste Kontakt«, dachte ich. Das Band mit dem Gespräch brachte ich zur Polizei. »Du hörst von uns«, sagte Handke und nahm es entgegen.

Der erste Kontakt

Zwei Tage vor dem Termin wurde ich von der Polizei eingewiesen. Man sagte mir, dass mein Zimmer noch am selben Tag verkabelt werde, damit das Gespräch mit der Videokamera aufgezeichnet werden könne.

Am nächsten Mittag werde dann das **LKA (32)** Spezialisten zum Abhören schicken. Die brauchen einen extra Raum, der unzugänglich war. Die Polizisten mussten auch unbemerkt in das Haus geschleust werden. »Gut, das ist möglich. Ich werde alle informieren, dass die Telekom an unserer Telefonanlage arbeiten wird«, sagte ich. »Wir werden dich kurz vorher mit einem Mikrofon versehen. Das LKA wird seine Männer in der Nähe postieren, ihr braucht also keine Angst zu haben, dass etwas passiert«, sagte Rikus. »Bleib ruhig, versuch rauszufinden, ob er Geld will und wer die Hintermänner sind. Unsere Leute hören und sehen mit!« Als ich zurückfuhr ins Autohaus, kam ein Techniker der Polizei mit, der in meinem Arbeitszimmer die Videokamera installierte. Sie wurde in einem Ordner versteckt und zeigte auf den Besprechungstisch. »Versuchen Sie, es so hinzukriegen, dass der Erpresser auf diesem Stuhl sitzt«, sagte der Techniker und zeigte auf den Platz. »Legen Sie am besten überall etwas hin, damit er den Stuhl auch nimmt. Die Kamera läuft jetzt ununterbrochen und nimmt auf, denken Sie daran.«

Am Tag des Treffs kamen die Polizisten mit ihren Overalls und Kisten und richteten sich auf dem Boden über dem Lager ein. Mir wurde ein Mikrofon unter der Krawatte angebracht. »Wir hören alles mit.

Bei Gefahr vereinbaren wir ein Codewort. Sie brauchen keine Angst haben«, sagten sie mir. Na ja, mir blieb keine andere Wahl.

Dann kam der Abend. Uwe Schmidt und ich warteten gespannt darauf, was passieren würde. »Wie sieht er aus, der Typ?«, fragten wir uns. Kurz nach 19.00 Uhr hielt ein Pkw auf unserem Parkplatz, eine Frau und ein Mann stiegen aus und stritten sich. »Was soll das?«, fragten wir uns und beobachteten die Szene weiter. Aber die Frau verschwand mit dem Auto und der Mann kam allein in Richtung Eingang. Ich schloss auf und ließ ihn herein.

»Feige«, stellte er sich vor. Ich ging vor und bat ihn in mein Arbeitszimmer. Er setzte sich tatsächlich auf den vorgesehenen Platz. Dann musterte er den Raum. Hatte er etwas bemerkt? Ich bat ihn noch einmal, uns sein »Anliegen« zu nennen. Er wiederholte das, was er Herrn Schmidt bereits gesagt hatte und hielt auch nicht damit hinter dem Berg, dass er bei der Polizei gewesen war. Er sagte, dass die Russen die Sache mit unserem Autohaus medienwirksam aufziehen würden, als Exempel für die anderen. »Warum gerade wir?«, fragte ich ihn. »Ihr Haus ist bekannt und liegt günstig.« – »Was heißt das?«, fragte ich nach. »Man wird Ihr Haus plattmachen, reinschießen, bis kein Kunde mehr kommt, dann wissen die anderen, was ihnen blüht, wenn sie nicht zahlen.« Wir waren schockiert! »Das kann man doch mit Geld verhindern. Fragen Sie doch Ihre Russen, wir sind bereit zu zahlen!«, schlug ich vor. »Ich glaube kaum, dass das, was nützt, aber ich bemühe mich«, antwortete Feige. »Verstehen Sie, ich will Sie vorher warnen, das ist mein Anliegen!«, sagte er weiter. Nachdem er noch weitere Storys über die Skrupellosigkeit der Russenmafia erzählt hatte, verließ er uns. »Ich melde mich«, sagte er zum Schluss.

Wir waren entsetzt! »Das kann doch nicht wahr sein, uns bleibt leider nichts erspart!«, sagte ich zu Schmidt. »Wir haben alles drauf«, meinte der Beamte vom LKA, der nach geraumer Zeit zu uns kam. Dann verließen uns die Polizisten nach einer Wartezeit von einer halben Stunde, auch die im Umfeld platzierten. Das war unsere erste

Begegnung mit dem Erpresser. Wir kamen uns vor wie im Film, aber es war leider Realität.

Der Erpresser wird konkret

Die nächsten Wochen und Tage wurden hart. Wir wussten nicht, was weiter passieren würde. Da hatten wir jahrelang um den Betrieb gekämpft, neu gebaut, und dann das! Wir durften ja nicht darüber sprechen. Niemand durfte etwas erfahren, um die Ermittlungen nicht zu gefährden! Bisher wussten nur wir drei Gesellschafter Bescheid, wobei Pape bei den kommenden Aktionen draußen blieb. Das war so vereinbart. Ich weihte meine Frau ein, denn wir hatten einen kleinen Jungen im Alter von drei Jahren. Diesen brachten wir weit weg nach Plauen zu seiner Oma, um ihn aus der Schusslinie zu bringen. So vergingen drei Wochen, ohne dass der Erpresser sich meldete. Eine lange Zeit! Das zerrte an den Nerven.

Eines Tages kam dann »endlich« der Anruf des Erpressers. Ich schaltete das Aufnahmegerät ein, das ich immer bei mir führte, und schnitt das Gespräch mit. »Ich habe mit den Russen gesprochen, sie sind bereit zu verhandeln«, sagte er. »Ihr habt Glück!« Ich war erst einmal erleichtert. »Können wir uns treffen?«, fragte er weiter. »Okay.« Ich schlug ihm einen Tag vor, wieder im Autohaus, abends. Er sagte zu.

Wieder nahm ich Kontakt mit der Polizei auf und übergab das Band. »Das haben wir erwartet«, sagte Rikus. Dann lief das gleiche Szenario ab wie beim ersten Mal. Die Kamera in meinem Zimmer lief ja sowieso jeden Tag. Nachdem ich wieder verkabelt war, Mikrofon unter dem Binder, warteten Schmidt und ich allein im Autohaus auf den Erpresser. Der kam dann auch pünktlich um 19.00 Uhr. Wieder nahm er auf dem richtigen Stuhl Platz! Ja, er habe mit den Russen gesprochen. »Es war gar nicht so einfach, sie zu überzeugen«, begann er. »Glauben Sie mir, ich mache mir auch Gedanken«, legte er nach.

»Also, wir sind bereit zu zahlen«, antwortete ich. »Was wollen Sie?« – »Ich nicht, aber sie«, sagte er. »Man erwartet 5.000 Mark im Monat für ein Krankenhaus in Moskau.« – »Mann, eine Menge Geld!«, dachte ich bei mir. Ich schaute Schmidt an, auch der schluckte. Nach einer Pause antwortete ich: »Gut, wir haben sicherlich keine andere Wahl, wenn wir das Autohaus nicht verlieren wollen.« – »Das ist ein Entgegenkommen«, entgegnete er. »Ich habe mich dafür eingesetzt.« – »Ist das alles?«, fragte ich weiter. »500 Mark Provision für mich, aber die will ich nicht nur, wenn mal einer von denen nachfragt. Wann können Sie zahlen?«, wollte er wissen. »Wir müssen das Geld erst auftreiben, das geht in der GmbH nicht so einfach«, antwortete ich. Ich schaute in meinen Kalender und nannte einen Termin. »Wieder hier im Autohaus?« Er nickte: »Okay.« Dann stand er auf, musterte wieder den Raum und ging.

Wir waren erst einmal erleichtert, als er weg war. Ob er etwas gesehen hatte, die Kamera? »5.000 Mark – eine Menge Geld«, sagte Schmidt. »Immer noch besser als die andere Variante«, entgegnete ich. »Ich spreche mit der Polizei. Wir zahlen einmal, das andere müssen die übernehmen, denn die Ermittlungen dauern bestimmt länger.«

Das Geschäft musste weitergehen

Es fiel uns tatsächlich schwer, auf die Tagesaufgaben zu konzentrieren, mit dieser Belastung im Hinterkopf. Das Rückabwicklungsgeschäft mit dem Autovermieter lief schleppend, Opel drängte mit weiteren Autoabnahmen und mit Pape wurde es auch nicht besser, ich fand keinen Draht zu ihm. Opel wollte uns auf einen neuen EDV-Anbieter umstellen, das bedeutete wieder investieren, Kosten ungefähr 80.000 Mark. Wir wehrten uns. Erst hatte man festgelegt, dass wir diesen Anbieter nehmen sollten, jetzt sollten wir schon wieder zu einem anderen wechseln. Wir waren mit der alten Anlage sehr zufrieden. Probleme über Probleme! Es kam so, wie es uns die Händler in Salzgitter damals geschildert hatten. Der Hersteller stellte nur Forderungen nach Investitionen und du musstest mitmachen oder du warst draußen.

Wir hatten uns im Vorjahr wieder gesteigert und gehörten zu den Top 50 von 350 Händlern im Osten. Doch das reichte nicht, der Marktanteil hatte oberste Priorität. Opel wollte im Osten die Marktführerschaft halten, koste es, was es wolle. Ständig wurden neue Verkaufsprogramme aufgelegt, wie etwa Sonderzins, Verschrottungsprämien oder Eroberungsprämien. Der Händler war immer beteiligt. Vor allem die Tageszulassungen belasteten uns. Für Opel war es ein verkauftes Auto, wir aber mussten 25 % anzahlen und das Fahrzeug hatte eine Tageszulassung und sank damit im Wert. Oft war es schwierig, diese Fahrzeuge mit Gewinn zu verkaufen. Die Verkaufsprämien kamen auch erst später. Darunter litt natürlich unsere Liquidität. Ein weiteres Problem waren Garantien und Wandlungen. Die Qualitätsprobleme nahmen zu. Wenn die Garantie oder die Wandlung anerkannt wurde, mussten wir in Vorleistung gehen, das dauerte manchmal Monate. Mittlerweile hatten wir 80.000 Mark offen, die Opel uns schuldete.

Die erste Schutzgeldzahlung

Der Termin der Übergabe rückte näher. Wir hatten das Geld der Polizei inzwischen übergeben. Diese hatte es präpariert und zugesagt, dass sie dann die weiteren Zahlungen übernehmen werde. Diesmal wurde ich intensiv eingewiesen. Der Erpresser sollte wieder auf einem bestimmten Platz sitzen, die Übergabe des Geldes musste sichtbar sein. Das LKA bezog Position, Minimikrofon, so warteten wir auf Feige.

Dieser kam wieder pünktlich und setzte sich auf den richtigen Platz. Ich sagte ihm, dass wir natürlich erwarteten, nicht noch an andere zahlen zu müssen. Das versicherte er mir. »Wir geben auch Kredite, wenn erforderlich.« – »Darauf können wir verzichten!«, antwortete ich. »Organisieren Sie bitte, dass wir mit den Russen einmal sprechen können«, sagte ich. »Wir werden sehen. Wann wollen Sie jeweils zahlen?«, entgegnete er. »Immer am Freitag der letzten Woche des Monats.« – »Gut«, sagte er. Dann übergaben wir ihm das Geld, er zeichnete die Spendenquittung ab. »Was ist mit der Provision?«, fragte ich. »Brauche ich nur, wenn die Russen dabei sind.« Dann ging er. Ich hatte zum ersten Mal den Verdacht, dass es vielleicht gar keine Russen gab und dass er das Ding alleine drehte.

Dann musste ich wieder zur Polizei und alles wurde im Beisein eines Staatsanwaltes protokolliert, das hieß das gesamte Gespräch, obwohl es auf Video aufgezeichnet worden war. Die Polizei wollte, dass ich ihn dazu brachte, uns mit den Russen sprechen zu lassen.

Der weitere Verlauf der Erpressung

Im folgenden Monat fand die nächste Übergabe nach dem gleichen Schema statt. Dann passierte etwas Unerwartetes, eine große Schaufensterscheibe wurde bei uns eingeschlagen. Es wurde aber nichts gestohlen. Ich rief die Polizei an und wollte wissen, was ich tun sollte. »Rufen Sie ihn an und sagen Sie ihm, dass Sie kein Geld bezahlen, wenn Sie weiter belästigt werden. Fragen Sie wieder nach einem Treffen mit den Hintermännern.« Das tat ich dann auch. Ich schilderte ihm die Situation mit der Scheibe. Er sagte, das seien sie nicht gewesen, er werde sich darum kümmern und sich wieder melden.

Nach einer Woche tauchte Feige überraschend gegen Ende der Öffnungszeit im Betrieb auf. Ich konnte gerade noch unbemerkt das Aufnahmegerät einschalten. »Ich habe mit den Russen gesprochen. Sie kümmern sich darum, es wird keine Wiederholung geben. Sie können sich darauf verlassen!«, sagte er. Dann machte er uns Hoffnung, dass es bald eine Begegnung mit seinen Auftraggebern geben werde. So unterhielten wir uns eine Weile. Ich verlor allmählich meine Angst, als plötzlich das Aufnahmegerät piepte! Es war zu Ende. »Scheiße!«, dachte ich. »Wenn er jetzt was merkt!« Laut sagte ich: »Ich glaube unsere Alarmanlage spielt wieder verrückt, wir müssen raus aus dem Gebäude.« Schmidt guckte mich an, er hatte Angst. Draußen kam mir der diensthabende Meister entgegen, dem erzählte ich das Gleiche. Er starrte mich ungläubig an. Doch Feige schien keinen Verdacht zu schöpfen und ging. Schmidt und ich atmeten durch.

Danach fand auch die nächste Geldübergabe wieder planmäßig statt. Aber zu einem Gespräch mit seinen angeblichen Hintermännern kam es nie.

Das Ende der Erpressung

Anfang November musste ich wieder zur Polizei, eine Staatsanwältin war dabei. Sie sagten zu mir: »Kobert, wir haben genug Erkenntnisse und gehen davon aus, dass Feige ein Alleintäter ist. Wir fassen jetzt zu. Vereinbaren Sie bitte diesmal einen Termin, der in der Mittagszeit liegt. Begründen Sie das mit irgendwelchen Terminen.« Ich rief Feige an, er schluckte den Termin. Wir waren froh, dass es zu Ende ging, glaubten wir doch auch, dass er keine Hintermänner hatte. Also bereiteten wir uns auf den letzten Treff vor.

Wie würde die Festnahme wohl ablaufen? Am Tag der letzten Geldübergabe, dem 25. November, hatte ich ausgerechnet die Opel-Bank im Haus. Die Vertreter der Bank hatten sich schon verspätet, also musste ich eine Pause erfinden, damit die Übergabe pünktlich stattfinden konnte. Feige kam zur vereinbarten Zeit, steckte das Geld samt Umschlag in seine Gesäßtasche, verließ mein Zimmer und schlenderte zum neuen Tigra, den wir vor Kurzem vorgestellt hatten. »Den schaue ich mir mal an!«, sagte er, setzte sich locker rein, testete den Sitz und schlenderte dann langsam zum Ausgang. Er war zu Fuß gekommen und ging zu dem Autohaus zurück, wo er als Verkäufer arbeitete. Nachdem er dort angekommen war, fuhr ein Lieferwagen vor, wie wir erst später erfuhren, die Polizei verfrachtete ihn ins Auto und fuhr ihn nach Celle in die Haftanstalt. Dann wurde das Hyundai-Autohaus auf den Kopf gestellt. Der Besitzer fiel natürlich aus allen Wolken. Beim Protokoll am nächsten Tag baten wir darum, dass keine Informationen an die Öffentlichkeit gelangten. Man versprach es, doch lange hielt es nicht. Wir waren erst einmal froh, alles überstanden zu haben.

Aber ein Restzweifel, ob es die Russen doch gab, blieb. Am nächsten Tag rief mich der Hyundai-Besitzer an. Er war ziemlich schockiert. Ich ging zu ihm und erzählte die Story der Erpressung. »Warum haben Sie mir nichts gesagt?«, fragte er. »Wir durften niemanden einweihen«, sagte ich. Nun warteten wir auf den Prozess und darauf, was sich weiter abspielen würde. Die Normalität kehrte langsam wieder ein.

Am 7. Dezember tauchten plötzlich zwei Reporter der Volksstimme im Autohaus auf. Sie hatten Wind von der Erpressung bekommen und wollten eine Exklusiv-Story mit Bildern. Wir einigten uns, dass keine Fotos von uns veröffentlicht wurden, bis nicht Gewissheit herrschte, dass keine Mafia hinter Feige stand. Das akzeptierte man dann auch. Wir schilderten den Zeitungsleuten die Ereignisse bis zur Festnahme und am 8. Dezember erschien die Story in der Volksstimme. Auch die »Bild«-Zeitung berichtete darüber.

Nachsatz zum Kriminalfall

Der Prozess fand im Mai 1995 vor dem Amtsgericht in Magdeburg statt. Es war eine Farce! Der Mann wurde zu 18 Monaten auf Bewährung wegen Betruges verurteilt. Seit dieser Zeit war er Unternehmer und verkaufte Gebrauchtwagen! Wir, wie auch viele andere Händler, waren fassungslos.

Der nächste Schock

Das Jahr 1994 war zu Ende gegangen, wir hatten fast 16 Millionen Mark Umsatz gemacht, aber die Liquidität stellte uns weiter vor Probleme. Ich hatte vor, mit der Hausbank über eine Umfinanzierung zu sprechen, um neue Liquidität zu bekommen, da überraschte mich mein Buchhalter mit einem Protokoll. Darin stellte er fest, dass es erhebliche Inventurdifferenzen im Neu- und Gebrauchtwagengeschäft gab und Belege vernichtet worden waren. Das Ganze hatte Pape zu verantworten. Ich war wütend. Während wir uns mit dem Erpresser herumgeschlagen hatten, hatte Pape Geschäfte auf eigene Rechnung gemacht. Es war unfassbar!

Wir prüften die Unterlagen mit dem Steuerberater und tatsächlich sah es so aus, dass Pape Geschäfte vertuscht hatte und die Unterlagen dazu vernichtet worden waren. Des Weiteren wurden Verkaufsunterlagen von Opel falsch ausgefüllt, so dass Rückforderungen ins Haus standen. Der Schaden belief sich auf ungefähr 200.000 Mark. Das war hart! Ich forderte eine schriftliche Stellungnahme von Pape. Er konnte die Vorwürfe nicht entkräften, also war guter Rat teuer. Ihn abzulösen war nicht möglich, denn dann stünden seine Kredite zur Disposition, da würden die Banken nicht mitspielen. Also blieb nur ein notarielles **Schuldanerkenntnis (33)** und die Hoffnung, dass er seinen Schaden abtrug. Also unterschrieb Pape Ende Februar ein notarielles Schuldanerkenntnis und die Verpfändung seines GmbH-Anteils. Er hatte keine andere Wahl. Doch das Vertrauensverhältnis zwischen uns Gesellschaftern war zerstört und das war sehr schlecht für die Zukunft. Ich musste dann auch der Bank reinen Wein einschenken und das, wo wir eine Umfinanzierung unserer Kredite brauchten. So ein Vorfall schafft natürlich kein Vertrauen in die Gesellschafter der Firma. Wir würden sehen, wie die Bank das beurteilte.

In den ersten Jahren der Existenz in den neuen Ländern hatte Opel Spitzenpositionen im Kfz-Markt erreicht. Die Marke hatte einen guten Namen, das half uns Händlern. Luis Hughes hatte den Konzern bis 1994 gut geführt und war zu **GM Europe (34)** aufgerückt. Als Opel-Chef kämpfte er immer für die Eigenständigkeit der Marke. Als Chef von GM Europe änderte er aber seine Einstellung. Der Einfluss der Amerikaner wurde wieder stärker. Kosteneinsparung spielte eine größere Rolle als Qualität, daran hatte auch Einkaufschef Lopez einen großen Anteil. Dieser drückte die Zulieferer, so dass viele Qualitätsmängel an den Fahrzeugen auftraten. Wir spürten das hautnah, die Zahl der Wandlungen und Nachbesserungen nahm zu und damit wuchs die Zahl der unzufriedenen Kunden. Der Konzern wollte jedoch davon nichts wissen. 1995 gab es Probleme mit dem Astra. Angeblich sollten einige Astras durch Mängel am Tankeinfüllstutzen abgebrannt sein. Die »Bild«-Zeitung brachte es in großer Aufmachung. Opel stellte sich taub, reagierte nicht. Die Presse nahm die Qualitätsprobleme bei Opel aufs Korn, aber der Konzern schwieg weiter. Die Kunden waren total verunsichert und fragten, ob die Opel-Modelle denn noch sicher seien. 1996 hatte das bereits ernste Konsequenzen. Opel verlor bundesweit Marktanteile und fiel von 17,1 % auf 16,3 %. Und das war erst der Anfang, von nun an ging es jedes Jahr rapide abwärts.

Marktanteile Opel, 1997 bis 2001 (Deutschland):

1997 **15,7 %**, 1998 **14,3 %**, 1999 **13,9 %**, 2000 **12,1 %**, 2001 **11,8 %**
Allein 1996 verkauften wir nur noch 50 % der Astra-Modelle und das war unser Volumenmodell, das ungefähr fünfzig Prozent unserer Gesamtverkäufe im Neuwagenbereich ausmachte. Opel hatte also

schon vor dem Beginn der Automobilkrise eine eigene schwere Krise. Man brüskierte die Kunden, und so langsam merkte das auch die Führungsetage des Konzerns. Aber außer Versprechungen tat sich nichts, die Qualitätsprobleme weiteten sich aus. Das wurde auch für uns zu einem finanziellen Problem. Da wir als Händler bei einer **Wandlung** (35) verpflichtet waren, die Fahrzeuge zurückzunehmen, mussten wir zunächst den Neuwagen vorfinanzieren. Wir bekamen das gewandelte Fahrzeug und den Aufwand erst vergütet, wenn dieses wieder an einen Kunden verkauft war, und das dauerte oft Monate. So hatten wir manchmal zehn Wandlungen zu finanzieren. Das waren ungefähr 250.000 Mark Kapitalbindung. Wir mussten also für den Murks unseres Herstellers geradestehen und dafür bluten.

Dazu kamen noch unzählige Garantie- und Gewährleistungen, die wir monatelang vorfinanzieren mussten. Die Unzufriedenheit der Händler wuchs und viele blieben bereits auf der Strecke. Uns traf es auch noch einmal hart! Wir hatten 1994 das Geschäft mit der Autovermietung auf Druck von Opel unter Nutzung der damaligen Verkaufsprogramme abgewickelt. In einer Revisionsprüfung im Jahre 1996 wurden uns 45.000 Mark Verkaufshilfe wieder aberkannt. Ich hatte mich damals auf den Distriktleiter verlassen und mir die Zusage nicht schriftlich geben lassen. Das war wiederum ein arger Liquiditätsverlust, der wehtat. Wir hatten keine Chance, uns zu wehren. Ich wollte in Zukunft nicht mehr alles mitmachen, was Opel vorgab, das nahm ich mir vor.

Werder Bremen zum Zweiten

Anfang Februar 1996 rief mich Werder-Manager Lemke an und sagte: »Werder plant in diesem Jahr eine Goodwill-Tour durch die neuen Länder. Der Vorstand ist der Meinung, dass Halberstadt wieder dabei sein soll, denn es hat 1992 allen gut gefallen.« – »Warum nicht«, antwortete ich. Die einzige Bedingung war, dass Gröningen, der Geburtsort des Präsidenten, dabei sein sollte. »Das kriegen wir hin!«, sagte ich zu. Das war wieder eine Chance, das Autohaus zu präsentieren. Im März trafen sich die beteiligten Vereine in Halle, um mit Lemke die Modalitäten zu besprechen. Die Presse war auch eingeladen. Halberstadt sollte die letzte Station der Tour sein. »Wenn ihr Probleme habt, wendet euch an Kobert«, sagte Lemke zum Schluss. »Der hat schon Erfahrung.«

Am 24. Mai fand dann das Spiel in Halberstadt statt vor einem Rekordpublikum von 7000 Zuschauern. Es war ein riesiger Organisationsaufwand, der da betrieben werden musste. In Halberstadt gab es außerdem gerade die Oberbürgermeisterwahl. Ein Kandidat wollte das Fußballspiel im Wahlkampf nutzen. Das lehnte ich ab. Dann aber kam mir die Idee, alle fünf Kandidaten zum Elfmeterschießen einzuladen und etwas für den Verein spenden zu lassen. Sie sagten alle zu. Zu guter Letzt hatte sich auch noch der Ministerpräsident des Landes Sachsen-Anhalt angekündigt. Das stellte den Verein vor erhebliche Sicherheitsprobleme. Jürgen Sparwasser, den Schützen des 1 : 0 für die DDR bei der WM 1974, hatte ich auch noch eingeladen. Er hatte in Halberstadt Fußballspielen gelernt. Sparwasser sollte sich mit Dr. Böhmert, dem Werder Präsidentenn ins Goldene Buch der Stadt eintragen. Dafür hatte ich mich eingesetzt. Die Veranstaltung wurde ein voller Erfolg für den Verein, die Stadt und auch für uns als Sponsor. Übrigens spielten damals zwei Mannschaften gegen Werder. Halberstadt und Gröningen bestritten je eine Halbzeit – ein Novum!

Neue Strukturen

Der neue Opel-Vertrag sollte unterschrieben werden. Der »Buschfunk« hatte schon gemunkelt, dass Opel eine neue Vertriebsstruktur anstrebte, das hieß in naher Zukunft weniger Händler. Opel hatte im Rahmen von Regionalberatungen die Händler eingeladen, um sie über die geplanten neuen Strukturen zu informieren. Die Händler der Region Ost waren nach Magdeburg ins Maritim-Hotel geladen. Die Stimmung war angespannt. Schon in den Gesprächen im Foyer war wenig Optimismus zu spüren, was die weitere Entwicklung betraf. Die Verkaufszahlen waren aufgrund des schlechten Images von Opel alles andere als gut. Erwartungsvoll lauschten wir den Ausführungen des Regionalleiters. Dieser hatte mittlerweile gewechselt. Als er andeutete, dass einige Händler keine neuen Verträge bekämen, wurde es unruhig. Unmutsäußerungen bis hin zu Pfiffen waren zu hören, das hatte es bisher nicht gegeben. »Die produzieren eine Sch... nach der anderen, als wenn es keine anderen Probleme gäbe. Wir haben uns alle verschuldet im Vertrauen auf Opel und jetzt will man uns loswerden«, waren die Argumente von einigen. Der Regionalleiter unterband jede Diskussion und ließ die Händler quasi im Regen stehen. »Ihre Distriktleiter werden Ihnen mitteilen, welchen Status Ihnen Opel gibt und welches Ihre Perspektive in der Organisation sein wird«, sagte er und verschwand.

Die Händler waren empört, einige ließen ihrem Unmut freien Lauf und beschimpften Opel. Das alles erinnerte mich ein bisschen an das Ende der DDR und die Sitzung der Betriebsleiter in der Kreisleitung. Einige Tage später kam unser Distriktleiter, um mit uns vor Ort das neue Konzept der **Areas (36)** zu besprechen. Gespannt warteten wir auf seine Ausführungen.

»Sie wissen seit der Regionaltagung, dass OPEL ein neues Vertriebssystem plant«, begann er. »Es gibt in Zukunft nur noch **Kernhändler (37)**, **Lokalmatadore (38)** und **Zweigbetriebe (39)**. »Was heißt das?«, fragte ich. »Nur die Kernhändler und Lokalmatadore erhalten Verträge. Die andern sind draußen. Ihnen wird gekündigt oder sie müssen sich einem anderen Kernhändler anschließen!«, entgegnete er. »Ja, und was davon sollen wir werden?«, fragte ich weiter. »Das Autohaus Halberstadt ist von uns für die Städte Halberstadt und Quedlinburg als Kernhändler vorgesehen. Das ist aber an Bedingungen geknüpft«, sagte der Distriktleiter. Wir schwiegen eine Weile. Dann fragte ich weiter: »Welche Bedingungen sind das und was wird mit Quedlinburg?« – »Den Händler müssen Sie übernehmen oder einen neuen Betrieb am Standort errichten!«, entgegnete er. Wir waren baff. »Das ist ja wie eine Enteignung«, merkte ich an. Danach erläuterte er ein Papier, in dem wir als Händler beurteilt wurden und gleichzeitig der neue Markt erläutert wurde. »Opel erwartet in den nächsten Jahren, dass Sie Ihren Markt ausschöpfen und die vorgegebenen Planungen erfüllen, dazu werden Sie halbjährlich beurteilt«, sagte er. »Das ist ja wie im Sozialismus«, entgegnete ich. Dann nannte er noch weitere Bedingungen:

- Teilnahme an allen Verkaufsprogrammen der Adam Opel AG
- Installation des neuen Opel-Erscheinungsbildes
- Durchführung der Zertifizierung **ISO 2000 (40)**
- Anschaffung einer neuen EDV-Anlage

Das bedeutete wieder ein zusätzliches Investitionsvolumen von 220.000 Mark!! Es war nicht zu fassen, wir hatten gerade umfinanziert, die Verkaufszahlen waren rückläufig und die wollten schon wieder neue Investitionen. Ich hatte mir vorgenommen, nicht mehr alles mitzumachen, was Opel forderte. »Die Bank schmeißt mich raus, wenn ich damit ankomme«, sagte ich laut. Der Distriktleiter reagierte nicht. Dann holte er eine Absichtserklärung heraus. »Wenn Sie einverstanden sind, unterschreiben Sie bitte und schicken Sie sie an die Regionalleitung nach Berlin«, endete er. »Was passiert, wenn wir nicht unterschreiben?«, fragte ich. »Dann sind Sie draußen!«, antwortete er lakonisch.

Wir waren schockiert und saßen noch lange schweigend da, nachdem er gegangen war. »So einfach ist das«, sagte Schmidt frustriert. »Es ist nur eine Absichtserklärung und bis dahin läuft noch viel Wasser die Elbe runter«, erwiderte ich und versuchte abzuwiegeln. »Wir müssen das ernsthaft überschlagen, es geht um unser Überleben. Aber eins ist klar, Opel ist nicht mehr unser Partner, sondern eher unser Gegner!«, sagte ich nach einer Pause. Schmidt nickte deprimiert. Später unter-

schrieben wir die Erklärung, denn welche Wahl blieb uns schon! Die
Bank setzte auf den Opel-Vertrag.

Die Opel-Bank

Bei den meisten Herstellern gab es die »heilige Dreieinigkeit« **Hersteller – Bank – Versicherung**. Bei Opel waren das Opel, der Hersteller,
die Opel-Bank und der Opel-Versicherungsdienst. Diese waren die
wichtigsten Partner des Händlers und sollten mit ihm eng zusammenarbeiten. Bei Opel war das aber ein Problem. Der Opel-Händlerver-
sicherungsdienst (Allianz) war die einzige Organisation, die funktionierte und mit der man kooperieren konnte. Die Opel-Bank dagegen
war von Anfang an ein Problem. Nicht nur, dass wir Tage auf unser
Geld warten mussten, sie blockierte oft auch die Verkaufsprogramme
von Opel. Wir mussten entsprechend den Verkaufsprogrammen bei
bestimmten Modellen mehr Lagerwagen vorhalten und überschritten
dann unsere Linien, obwohl Opel versichert hatte, dass das mit der
Bank abgestimmt war. Das Ergebnis war, dass die Opel-Bank nach
einigen Tagen die **Einkaufslinien (41)** der Händler sperrte, die über
dem Limit lagen und die sofortige Bezahlung der Mehrfahrzeuge verlangte. Das war oft das Ende für diese Händler.
Gebrauchtwagenfinanzierung interessierte diese Bank gar nicht, obwohl das bei einem schwächer werdenden Neuwagenmarkt das Geschäft der Zukunft sein würde. Deswegen hatte ich bereits seit 1994
das Gebrauchtwagengeschäft über die CC-Bank abgewickelt. Das war
eine angenehme Kooperation und zeigte uns, dass es auch anders ging.
Aber im Neuwagengeschäft mussten wir weiter mit der Opel-Bank
zusammenarbeiten, und das wurde zunehmend zum Problem. In Gesprächen mit Opel-Managern brachten diese immer wieder zum Ausdruck, dass Opel keine Mitsprache bei der Bank habe und dass diese
lediglich den Namen Opel trug und aus den USA gelenkt wurde.

Die Krönung erlebte ich bei einer internen Händlertagung in Duisburg, bei der einige Händler und ich mit dem Direktor des Verkaufs, Winterfeld, zusammen waren. Er sagte in die Runde: »Ihr wisst ja, dass Opel jetzt die Opel-Bank gekauft hat, damit können wir das Verkaufsgeschäft jetzt noch besser gestalten.« – »Wieso gekauft? Die sind doch schon die Opel-Bank«, frotzelten einige. Nach einigem Schweigen meldete sich ein großer Händler zu Wort: »Opel-Bank? Wer ist das? Ich arbeite schon lange nicht mehr mit denen zusammen, weil sie unflexibel sind und das Geschäft verhindern.« Winterfeld war verdattert, tat, als ob er das nicht gewusst hatte. Weitere Händler bestätigten die Aussagen des Vorredners. »Die haben's gut«, dachte ich bei mir. »Wir Ossis können und dürfen das nicht.« Am Ende wollte er wissen: »Wer von den anwesenden Händlern arbeitet denn noch mit der Opel-Bank zusammen?« Es meldeten sich einige wenige. »Wir werden das im Vorstand besprechen«, versprach er.

Das zeigte uns Händlern wieder einmal, wie wenig der Vorstand darüber wusste oder wissen wollte, was um ihn herum passierte. Für uns war die Zwangszusammenarbeit mit dieser Bank ein ständiges Liquiditätsproblem. Da wir immer bis zu 30 Neuwagen im Monat verkauften und damit an manchen Tagen drei bis fünf Fahrzeuge ausgeliefert wurden, mussten wir immer wieder in Vorleistung gehen, zu Lasten unseres betrieblichen Kontokorrents. Es war verrückt, wir verkauften gut, konnten aber manchmal nicht ausliefern, weil wir nur mit Zustimmung der Hausbank den Kontokorrent überziehen durften. Auf Dauer würde das nicht gutgehen, das wusste ich und es machte mir Angst. Ich hatte der Hausbank etliche Male erklärt, wie es funktionierte mit der Opel-Bank. Unser Kontokorrent war durch Neuwagenvorfinanzierungen ständig ausgeschöpft und es blieb kein Raum für andere Geschäfte. Ich musste die Dinge jetzt in die Hand nehmen, bevor es zu spät war. Raus aus diesem Teufelskreis!

Der neue Astra C – unsere Hoffnung

Im Frühjahr 1998 sollte der neue Astra auf den Markt kommen. Die Händler hofften auf eine Wende, nachdem der Astra B durch das Problem mit dem Tankstutzen und durch die vielen Mängel kein Verkaufshit mehr war. Das Image der Marke Opel war ziemlich am Boden, der Vorstand hatte versprochen, dass in Sachen Qualität alles besser würde. Wir waren gespannt und hatten uns ins Zeug gelegt, um das Auto bestens zu präsentieren. In Halberstadt wurde gerade das neue Stadtzentrum eingeweiht, wir waren dabei und präsentierten das neue Modell. Das Interesse war bei den Kunden sehr hoch. Das war die Chance, für Opel Boden gutzumachen.

Wir hatten drei Vorführwagen zur Eröffnung zur Verfügung, die waren auch gleich ausgebucht. Es lief gut an. Dann kam ein Fax von der Adam Opel AG: »Bitte überprüfen Sie bei allen Vorführwagen die Lenkung, es gibt Probleme.« Wir waren schockiert, das ging ja gleich wieder gut los. Und tatsächlich, ein Auto hatte diesen Mangel und musste stillgelegt werden. Damit standen nur noch zwei Fahrzeuge zur Verfügung. Auf Nachfrage der Kunden erzählten wir, dass es bereits verkauft sei. Das war kein gutes Omen, das war mir klar.

Der Astra kam gut an, aber es gab schon wieder Probleme mit der Qualität. Ein Jahr später erfolgte eine große Rückrufaktion, wir wurden unter dem Siegel der Verschwiegenheit aufgeklärt, dass die Fahrzeuge hinten zu rosten begannen. Angeblich waren sie ja voll verzinkt und hatte zwölf Jahre Garantie gegen Durchrostung. Ein großer Betrug am Kunden! Es wurde Bitumen auf die Nahtstellen gespritzt, um den Rost zu kaschieren. Der Kunde wusste von all dem nichts. Wenn das an die Öffentlichkeit käme, würde Opel tausende Fahrzeuge zurücknehmen müssen. Ein finanzielles Desaster. Also wurde vertuscht. Der Konzern hatte immer noch nichts gelernt. Man hatte nur Glück, dass davon nichts an die Öffentlichkeit kam, und das bis heute. Jetzt war endgültig klar, dass der Konzern uns in den Ruin treiben würde, wenn wir weiter von ihm abhängig blieben. Sie leisteten sich eine Schote nach der anderen: Der Calibra, schon Kultfahrzeug und bei der DTM erfolgreich, wurde eingestellt. Ebenso erging es dem Tigra und dem Sintra. Der Omega, so sickerte durch, sollte ebenfalls auf der Strecke bleiben. Dies alles machte das Image einer guten Marke langsam kaputt.

Ich erinnerte mich an ein Gespräch mit Herrmann, damals Vorstand der Opel AG, dem Nachfolger von Hughes 1994 in Berlin. Damals hatte ich ihn gefragt: »Mr. Herrmann, warum steigt Opel nicht wieder in das Nutzfahrzeuggeschäft ein? Wir verlieren viele Kunden des Mittelstandes, die ihren Pkw dann auch bei demjenigen kaufen, der Nutzwagen hat. Mit dem Isuzu haben wir keine Chance.« – »Wissen Sie«, antwortete er mir lakonisch, »wir haben mit dem Bedford genug Probleme gehabt. Wegen der paar Gurkenverkäufer hier im Osten steigen wir nicht wieder ein. Wir besetzten die Nischen im Automobilgeschäft, das reicht.« Ich war baff.

Nur wenige Jahre später begann Opel eine Kooperation mit Renault und stieg wieder in das Nutzfahrzeuggeschäft ein, aber zu spät und mit großen Problemen in der Ersatzteilversorgung.

Unternehmensberatung – der Anfang

Die Liquiditätsprobleme unserer Firma ließen sich aufgrund der Modalitäten der Firma Opel nicht lösen, aber ich wollte nicht warten, bis wir abstürzten. Also schrieb ich einen Brief an den Vorstand der Bank, in welchem ich die Probleme darstellte und gleichzeitig betonte, dass wir das Jahr 2000 so nicht überstehen würden. Ich bat um einen Termin. Nach wenigen Tagen war es so weit, wir saßen dem Vorstand gegenüber, auch mein Steuerberater Dr. Nexö war zugegen. Die Herren konnten nicht verstehen, wie wir bei einer Million Mark Umsatz im Monat keine Liquidität besaßen. Dr. Nexö untermauerte noch einmal meine Argumente. »Wir wissen ja, dass Opel Probleme hat«, sagte Peter Fleischer, ein Vorstand der Kreditabteilung, »aber wir können uns nicht weiter aus dem Fenster lehnen.« – »Das Unternehmen braucht Geld, um die Autos zu handeln«, sagte Nexö, »und das kann es nicht im Rahmen des Kontokorrents.« Die Diskussion ging hin und her, wir merkten, dass die Bank kein Konzept hatte und viele Dinge nicht verstand. Das war überhaupt das Problem dieser Bank, sie hatte keine Leute, die etwas von Unternehmensfinanzierung verstanden – außer Holzmann, und der war überfordert. Wenn der ausfiel, ging gar nichts. Nach langem Hin und Her sagte Fleischer an mich gewandt: »Gut, wir machen Folgendes, du nimmst dir eine Unternehmensberatung. Ich schlage dir drei vor. Wenn die zu dem gleichen Ergebnis kommen wie du, machen wir was.« – »Das ist zumindest etwas mehr als nichts«, sagte ich zu Nexö, »aber es nimmt wieder Zeit in Anspruch, die uns fehlt.«

Also nahm ich Kontakt zu den Unternehmensberatern auf und entschied mich für die Unternehmensberatung Fink. Frau Fink war eine wendige, intelligente Frau und ich hatte Vertrauen zu ihr. Sie sagte, sie könne Fördermittel besorgen, dann werde die Beratung für uns nicht zu teuer. Das klappte auch und dann gab es einen riesigen Aufwand mit der Erstellung von Analysen, der Kontrolle der Betriebsabläufe und vieles, vieles mehr. Es wurde Papier ohne Ende produziert.

Das Ergebnis war das, was ich schon kannte. Und wieder waren einige Monate ins Land gegangen, ehe das endlich der Bank präsentiert werden konnte.

Da saßen wir wieder in der Runde, nur diesmal war Frau Fink mit dabei. Der Vorstand druckste rum. »Wir werden erst mal die Tilgung für ein Jahr aussetzen«, sagte Fleischer. »Das hilft auch nicht viel«, entgegnete ich. »Da gibt es Förderprogramme für den Mittelstand in Sachsen-Anhalt«, sagte Holzmann an Frau Fink gewandt. »Versuchen Sie doch, da mal was anzuzapfen.« Man merkte, sie wollten kein eigenes Risiko eingehen und sich nicht so richtig bewegen.

Wieder traten wir auf der Stelle. Ich hatte mehr erwartet. Danach klapperten wir in Magdeburg die Behörden ab, um rauszukriegen, welche Fördermöglichkeiten da waren. Nach vielen Stationen hatten wir Glück, wir landeten bei der **Bürgschaftsbank (42)**. Ein kompetenter Mitarbeiter klärte uns darüber auf, was möglich war und was wir tun mussten, um an das Geld zu kommen. Er sagte aber gleich, dass das dauern werde. Mindestens ein halbes Jahr sollten wir einkalkulieren. Also hieß es wieder Konzepte erarbeiten, Analysen erstellen und dann noch das Tagesgeschäft erledigen. Da lagen die Nerven oft blank.

Aber Frau Fink spielte ihren Part, sie blieb dran. Als die Unterlagen abgegeben waren, klemmte sie sich ständig dahinter, wollte wissen, wie weit die Entscheidung gediehen war. Was viele für unmöglich gehalten hatten, wurde wahr. Wir bekamen die Mittel! Frau Fink hatte gute Arbeit geleistet.

An die Freigabe der Mittel waren aber auch Auflagen an die Hausbank gebunden. Sie sollte den Kontokorrent vergrößern und fünf Jahre beibehalten. Die Bank tat sich schwer, es dauerte. Endlich war auch diese Hürde genommen. Es war wieder Licht am Ende des Tunnels für uns zu sehen. Wir hatten endlich eine größere Kreditlinie für Neuwagen zur Verfügung, dachten wir. Dann passierte aber Folgendes: Die Hausbank gab nur ein Drittel der Mittel frei, der Rest sollte angelegt werden. Das war unmöglich, wir hatten zweckgebundene Mittel erhalten, die wir dringend brauchten, und die sollten wir nun anlegen! Unfassbar! Ich hatte keine Chance, die Hausbank blieb hart. Die Zeit war gegen uns. Nach einer gewissen Zeit musste ein Verwendungsnachweis der Mittel vorgelegt werden, testiert natürlich. Das war noch einmal unsere Chance, dass Geld doch noch zu bekommen. Also wandte ich mich an den Aufsichtsratsvorsitzenden der Hausbank und schilderte ihm die Situation der nicht zweckgemäßen Verwendung von EU-Mitteln. Zwei Tage später war dann das restliche Geld auf unserem Konto. Aber es war schon wieder viel Zeit ins Land gegangen, denn wir mussten viele Fahrzeuge teuer über das Kontokorrent zwischenfinanzieren.

Die Autoabsatzkrise hatte bereits begonnen und das Verkaufsgeschäft wurde immer härter.

Depressionen

Die ständigen negativen Erlebnisse hinterließen Spuren bei mir. Ich lebte seit 1997 getrennt von meiner Frau. Es begann mit Schlafstörungen, Schweißausbrüchen, Ängsten. Manchmal traute ich mich gar nicht mehr aus dem Bett, die Angst lähmte mich, nahm mich gefangen. Ich wusste, wenn es so weiterginge, gingen wir spätestens 2000 in Insolvenz. Anfänglich nahm ich Tabletten, aber es wurde nicht besser. Es dauerte Monate und wurde immer schlimmer. Nach der Arbeit igelte ich mich ein. Wenn ich im Betrieb war, merkte ich nichts und war voll da. Aber sowie ich allein war und grübelte, war es aus, die Angst nahm mich wieder gefangen. Ich ließ die Tabletten weg, versuchte positiv zu denken und Sport zu treiben. So langsam bekam ich mein Leben wieder in den Griff. Ich beschäftigte mich auch viel mit Gott. Das half mir die Depression zu überwinden. Wenn man sich in solchen Situationen nicht in den Griff bekommt, dann greift man zu Alkohol oder Tabletten, und das ist der Anfang vom Ende.

Ich hatte eine panische Angst vor der Insolvenz, sah es als Untergang an. Dann begriff ich, dass das Materielle nicht alles war. Gott würde mir nicht die Millionen geben, die ich brauchte, aber er gab mir Kraft, und das war wichtiger. Ich konnte jetzt wieder kämpfen. Diese Erfahrung bewog mich, mich im Jahre 2000 taufen zu lassen. Diese Kraft hat mich seither nicht mehr verlassen und die Depressionen waren weg. Ich hatte wieder Mut und Kraft.

Unsere Lage hatte sich nicht verbessert, im Gegenteil. Opel befand sich selbst in einer schweren Krise. Nicht nur, dass die Medien ständig die Qualität der Opelfahrzeuge anprangerten, jetzt ging es auch im Vorstand drunter und drüber. Herrmann nahm seinen Hut, Hendry kam, der bisher bei Saab im Vorstand gewesen war. Man munkelte, dass der Konzern das Jahr 1999 mit einem Verlust von 500.000 Millionen Mark abschließen werde. Bei der Einführung von Hendry auf der Händlertagung in Mainz mussten wir per Kopfhörer seinen Worten lauschen, es gab noch nicht einmal genug Sitzplätze. Fragen durften nicht gestellt werden. Die Kommunikation zwischen Opel und seinen Händlern war eingefroren. Überall schlechte Stimmung, Zukunftsängste. Man hörte nur noch negative Nachrichten. Von Opel konnte man also nichts mehr erwarten, die hatten mit sich selbst zu tun.

Wir merkten das auch an der Bezahlung unserer Leistungen, es dauerte immer länger. Damit häuften sich wieder die Liquiditätsprobleme bei uns. Ich saß tagelang mit der Unternehmensberaterin zusammen, wir diskutierten und diskutierten. Wir hatten die Kosten optimiert, Personal reduziert und vieles andere mehr, aber der Neuwagenverkauf war und blieb das Verlustgeschäft des Unternehmens. Der Aufwand, den wir für Opel treiben mussten, fraß alles auf. Mittlerweile hatte ich an mehreren Veranstaltungen teilgenommen, bei denen es um die Neuordnung der **Gruppenfreistellungsverordnung** (43) ging. Es war mittlerweile klar, dass das selektive Vertriebsnetz, wie es bisher existierte, wegfallen würde. Welchen Sinn hatten dann noch Händlerverträge, insbesondere der mit Opel? Diese Frage stellten sich viele Händler aller Marken. Nach langen Beratungen und Abwägung aller Risiken überzeugte ich Frau Fink, dass nur ein **außergerichtlicher Vergleich** (44) uns retten konnte.

Das musste gut vorbereitet werden, die Gespräche, vor allem mit Opel und der Opel-Bank, durften erst dann geführt werden, wenn

Aussicht auf Erfolg bestand. Frau Fink verlangte aber von mir, dass die Steuerberatung auch zu Herrn Dichter, ihrem Geschäftspartner, ginge, dann sei alles in einer Hand und alles ließe sich besser für das Unternehmen koordinieren. Mir blieb keine andere Wahl, also ging ich darauf ein und trennte mich von meinem langjährigen Steuerberater Dr. Nexö. Dieser sagte mir, dass er schon damit gerechnet habe. Ich solle nur aufpassen, dass ich nicht »über den Nuckel« gezogen werde. Wenn alles in einer Hand sei, bestehe ein großes Risiko der Abhängigkeit. Damals verstand ich seine Worte nicht oder wollte es nicht.

Der Versuch

Im Frühjahr 2000 waren wir so weit. Wir wollten den Vergleich wagen, die Hausbank war involviert, von denen kam aber nichts. »Machen Sie mal«, sagte man zu Frau Fink. »Wir haben vollstes Vertrauen zu Ihnen.« Es war nur die Frage, in welcher Höhe wir verhandeln sollten. Frau Fink meinte 60 % — wenn schon, denn schon. Das war riskant, aber hatten wir eine Wahl? Also klapperten wir **Gläubiger (45)** für Gläubiger ab, um auszuloten, ob es eine Chance gab, dass sie bei dem Vergleich mitmachten und dem Unternehmen eine Chance gaben. Nach anfänglicher Skepsis signalisierten die meisten Gläubiger Zustimmung. Das Unternehmen hatte einen guten Ruf in der Region, der Umsatz und die **Erträge (46)** waren für ein Autohaus sehr hoch und 40 Arbeitsplätze waren auch nicht ohne. Nun kam die schwierigste Aufgabe, wir mussten Opel und die Opel-Bank einbinden.

Also vereinbarten wir einen Termin in Berlin bei unserem neuen Regionalleiter. Johannes empfing uns freundlich, hörte sich alles an und sagte dann: »Das, was Sie vorhaben, ist riskant. Opel kann sich nicht beteiligen, das sage ich gleich.« — »Das ist uns klar«, antwortete ich. »Wir wollen nur, dass Sie stillhalten und den Vertrag nicht fristlos kündigen.« — »Das muss ich abstimmen«, sagte er. »Wir wollen Ihnen nicht im Wege sein.« – »Wie ist es mit der Opel-Bank?«, fragte ich weiter. »Da haben wir keinen Einfluss, wir haben sie zwar gekauft, aber Sie wissen ja, wie das wirklich war«, entgegnete er. »Können wir uns darauf verlassen, dass Sie nichts Nachteiliges tun?«, fragte Frau Fink. »Sie haben mein Wort!«, sagte Johannes. »Wenn Sie es schaffen, wäre es das erste Mal in der Organisation. Ich wünsche viel Glück!«, endete er.

Wir fuhren zurück nach Halberstadt und waren einigermaßen optimistisch, dass wir ihm vertrauen konnten. Die nächste Hürde war die Opel-Bank. Wir luden die für unseren Bereich verantwortlichen Herren nach Halberstadt ein. Es dauerte etwas länger, aber sie kamen dann doch. Als wir ihnen unser Anliegen vortrugen, waren sie leicht schockiert, das Autohaus Halberstadt war ja bisher nicht negativ aufgefallen. Nachdem sie es verkraftet hatten, erläuterten wir ihnen unser Konzept. »Die Opel-Bank wird sich nie und nimmer vergleichen«, antwortete Tischer, der Regionalleiter der Bank. »Die gleichen Argumente wie bei Opel«, dachte ich, dann sagte ich laut: »Das haben wir auch nicht erwartet, wir wollen nur, dass Sie stillhalten und uns nicht die Finanzlinie sperren.« Schweigen. Dann sagte Tischer: »Wir müssen die Zentrale informieren, dann werden wir sehen. Ich glaube schon, dass das möglich ist. Wir schließen ein Agreement.« So endete das Gespräch.

Auch hier waren wir verhalten optimistisch, dass sie sich an dieses Versprechen auch halten würden. Aber leider war der Optimismus falsch. Wenige Tage nach dem Gespräch tauchte Bertoni, der Distriktleiter der Opel-Bank, bei mir auf und erklärte, dass die Opel-Bank eine Kontensperre verfügt habe. Das bedeutete, dass wir keine Autos und Teile mehr bei Opel bestellen konnten. Das war das, wovor ich immer Angst gehabt hatte. Wir waren quasi abgeschaltet. Gleichzeitig sollte ich diverse Abtrittserklärungen unterschreiben. »Das also ist das **Gentlemen's Agreement (47)** mit der Opel-Bank,« sagte ich zu ihm. Er grinste nur.

Jetzt konnte alles »in die Hose« gehen. Ich war entsetzt. Dann rief ich Frau Fink an und informierte sie über die Situation. Sie war außer sich. »Ich rufe Johannes an!«, sagte sie. »Das bringt nichts«, antwortete ich. »Einen Versuch ist es wert«, meinte sie. Aber es brachte wirklich nichts, Johannes musste sich fügen, konnte nicht helfen. Wir trafen uns wieder, es blieb nur noch eins. Wir mussten in Insolvenz gehen, um den Vergleich noch zu retten. »Wir stehen vor den Ferien«, sagte ich. »Wir erreichen kaum jemanden.« Der Entscheidungsträger – diese Variante hatten wir auch eingeplant und kannten auch das volle Risiko der Insolvenz.

Wir gehen in die vorläufige Insolvenz (48)

Es blieb keine andere Wahl, es war die letzte Chance. Wir informierten die Hausbank. Sie wollten uns den Rücken freihalten. Am 25.07.2000 fuhr ich zum Amtsgericht nach Magdeburg und meldete Insolvenz an. Mein kleiner Sohn begleitete mich. Ein mulmiges Gefühl kam in mir hoch, als ich den dunklen Flur des Amtsgerichtes betrat. Ich fragte mich durch, bis ich bei dem zuständigen Richter landete. Nach kurzer Prüfung des Antrages gab es den Stempel. Ich bat darum, noch am selben Tag einen Insolvenzverwalter einzusetzen, um das Abholen der Neuwagen durch die Opel-Bank zu verhindern.

Wenn die Autos weg waren, waren unsere Chancen für einen Erfolg ganz klein. Denn das ist für den Kunden auch ein Signal, dass es zu Ende ist, wie in vielen Fällen anderer Firmeninsolvenzen auch. Der Richter sicherte es mir zu. Als ich das Gebäude verließ, fragte mein Sohn, ob ich jetzt sehr traurig sei. »Nein«, antwortete ich, »ich fühle mich etwas erleichtert. Wir kommen da wieder raus.« Wieder im Betrieb angekommen, war die Opel-Bank schon da und wollte tatsächlich die Fahrzeuge abholen. Sie hatten aber Pech, das Fax mit dem Beschluss zur Bestellung eines Insolvenzverwalters war schon da.

Damit hatten sie kein Recht mehr, irgendetwas abzuholen. Wütend verließ uns der Distriktleiter. »Das werden Sie bereuen!«, sagte er beim Gehen. »Wir vergessen nichts.« Nun wurde es hart, ich musste die Belegschaft informieren und am nächsten Tag wusste es mit Sicherheit die ganze Stadt. Der Belegschaft sagte ich, dass die Insolvenz notwendig war, damit wir einen Vergleich zur Rettung des Unternehmens durchziehen konnten und dass wir spätestens in zwei Monaten wieder raus aus der Insolvenz sein wollten. »Bis dahin sollten wir versuchen, normal zu arbeiten. Jeder muss sein Bestes geben, damit wir keinen Kunden verlieren.« Das war meine Forderung.

Trotzdem waren viele Mitarbeiter verunsichert. Wir hatten nur zwei Chancen, alles zu verlieren oder zu gewinnen. Am nächsten Tag erschien der Insolvenzverwalter in der Firma. Im Beisein von Frau Fink erläuterten wir unser Vorhaben, den Vergleich zu Ende zu bringen. Er sagte zu, uns zu unterstützen. Wir müssten uns aber an die Regeln halten. Wieder klapperten wir die Gläubiger ab, um mit ihnen Vereinbarungen zum Vergleich zu schließen. Aber Insolvenz war eben Insolvenz. Die »Geier kreisten« schon über unserem Betrieb, um ihn zu kaufen, natürlich als Schnäppchen. Also mussten wir Tempo machen, das war aber im Urlaubsmonat August nicht so einfach. Der unberechenbarste Partner blieb immer noch Opel. Nach wenigen Tagen tauchte der **Hauptdistriktleiter (49)** von Opel, Herr Eger, bei uns auf. Eine sehr zwielichtige Figur, die sehr unbeliebt bei den Händlern war. Herr Eger kam gleich zur Sache. Für ihn waren wir schon tot. »Also, was sind die Steine wert?«, fragte er. Damit meinte er die Immobilie. »Wernigerode wird den Markt übernehmen und das Autohaus kaufen.« Von unserem möglichen Vergleich wollte er nichts wissen, obwohl er an der Besprechung in Berlin teilgenommen hatte. Er wollte nur Zahlen von mir, um Wernigerode die Investition zu ermöglichen. Ich ließ ihn auflaufen.

Als ich Frau Fink über das Gespräch informierte, war sie wütend. »Auf Opel ist wirklich kein Verlass. Sie hatten recht!«, sagte sie zu mir.

Wenig später gab es ein Gespräch bei der Hausbank mit Eger und Schabe, dem Geschäftsführer des Autohauses Wernigerode, an dem Frau Fink und ich auch teilnahmen. Auf die Frage, welchen Beitrag denn Opel zum Vergleich leisten wolle, antwortete Eger: »Wir besetzen den Standort neu.« Der Banker konnte es nicht fassen. »Das ist doch nicht Ihr Ernst! Sie haben Millionen mit dem Händler verdient, die Firma hat einen guten Namen und Sie machen solche Sprüche. Jetzt weiß ich wie Opel ist – so, wie der Konzern in der Öffentlichkeit dasteht und auch immer von Herrn Kobert geschildert wurde.« Das Gespräch ging ohne Ergebnis zu Ende, denn ich wusste schon vorher, dass Schabe nicht gerade vor Liquidität strotzte und nie und nimmer den Betrieb kaufen konnte. Er war von Opel vorgeschickt worden, um die Lage zu sondieren. Aber mir wurde jetzt immer mehr klar, dass wir keine Zeit mehr zu verschenken hatten. Die Opel-Bank drängte uns immer wieder, die Autos abzugeben, drohte mit persönlichen Repressalien. Ich blieb hart, wenn die Autos weg waren, kam kein Kunde mehr, das wusste ich. Aber dann musste ich einen Kompromiss eingehen. Damit es weitergehen und wir die Autos verkaufen konnten, wurden die Neuwagen in die Kreditlinie des Autohauses Wernigerode eingestellt. Körperlich blieben sie aber bei uns. So konnten wir über Wernigerode bestellen und verkaufen. Die Marge teilten wir uns, das war fair. Wir bekamen damit aber keine Zulassungen mehr für unseren Markt gutgeschrieben. Diese wurden Wernigerode zugerechnet. Damit konnten wir den Kunden aber dokumentieren, dass wir immer noch Opel-Händler waren, auch unter Insolvenzbedingungen.

Frau Fink spürte auch immer mehr, welche Gefahr von der Opel-Organisation ausging. Sie rief Johannes an, appellierte an sein Versprechen und schaffte es, dass er zu einem Gespräch mit dem Insolvenzverwalter nach Magdeburg kam. Das Gespräch brachte uns etwas Luft, da der Insolvenzverwalter ihm erklärte, dass die Firma nicht zum Nulltarif zu haben sei. Ob es im Sinne von Opel sein könne, dass man eine Firma liquidierte, die selbst unter Insolvenz noch funktionierte.

»Die Gesellschafter verdienen eine Chance, den Vergleich zu schaffen. Wenn man schon Investoren schickt, dann bitte potente!«, sagte er sarkastisch mit Blick auf Wernigerode. Am Ende versprach Johannes, uns etwas Luft zu gönnen, damit wir den Vergleich mit den Gläubigern schließen konnten.

Der nächste Kaufinteressent stand aber schon vor der Tür, diesmal war es Otto Freund, der Chef eines Mitbewerberbetriebes. Das erste Gespräch sollte zwischen den Vorständen unserer und seiner Bank in deren Hause stattfinden. Frau Fink und ich sollten auch teilnehmen. Die Herren Vorstände grüßten sich wenig freundlich, denn die beiden Banken waren nicht gerade befreundet. Es war eine sehr frostige Atmosphäre. Die andere Bank glaubte, dass ihre Chance gekommen sei, unserer Hausbank ein renommiertes Unternehmen abzujagen, nachdem sie letztens viele renommierte Unternehmen verloren hatte und wegen ihrer Politik in der öffentlichen Kritik stand. Das Gespräch endete, nach einem Austausch von Gehässigkeiten wie nicht anders erwartet, ergebnislos. Freund war nur benutzt worden, um als potenter Investor aufzutreten. Der Chef unserer Hausbank sagte zum Schluss: »Ein Unternehmen sanieren, das können wir auch alleine. Dazu brauchen wir Sie nicht.«

Jetzt wusste ich, dass die Banker endlich begriffen hatten, dass sie auch mit Taten hinter uns stehen mussten, damit wir Erfolg mit dem Vergleich haben würden.

Eine kurze Abwechslung

Anfang September fand für die Händler Europas in Cannes die Präsentation des Corsa C statt. Wir hatten diese Tagung inklusive des Flugs bereits bezahlt. Ich beriet mich mit Frau Fink, ob ich teilnehmen sollte. »Natürlich«, sagte sie, »zeigen Sie Flagge!« – »Aber die Zeit fehlt uns«, argumentierte ich. »Wir sind jetzt so weit, das schaffen wir!«, entgegnete sie. Also flog ich am 3. September mit den anderen Händlern der Region nach Cannes. Das war natürlich ein bisschen Schaulaufen für mich. »Ich denke, ihr seid in Insolvenz?«, fragten mich viele Händlerkollegen. »Aber nicht mehr lange!«, entgegnete ich immer wieder. Sie konnten es nicht fassen, dass ich hier war.

Es war wieder eine tolle Veranstaltung in Cannes, der Filmstadt. Die fantastische Landschaft, es war einfach alles super. Opel konnte eben Shows organisieren. Aber ich konnte nicht abschalten, meine Gedanken waren in Halberstadt. Ich dachte immer an den Vergleich, der kurz vor dem Abschluss stand. Meine Teilnahme in Cannes war auch für die Belegschaft wichtig. Die Mitarbeiter merkten, dass wir es ernst meinten mit der Rückkehr ins »Leben«. Ich wertete die Veranstaltung aus und erklärte, dass wir die Präsentation des Corsa planmäßig zum Termin im Oktober als nicht mehr insolventer Betrieb durchführen würden.

Auf der Zielgeraden

Jetzt mussten wir auch Klartext mit der Belegschaft reden, ihr persönlicher Beitrag im Vergleich war gefordert. Sie mussten ebenfalls auf 40 % Lohn und Gehalt im Monat verzichten, nur so konnte der Vergleich wirksam werden. Das wurde ein hartes Stück Arbeit. Mit jedem führten wir ein persönliches Gespräch, anschließend musste dieser schriftlich erklären, dass er zum Gehaltsverzicht bereit war. Die meisten sahen ein, dass ihr Arbeitsplatz in Gefahr war, wenn sie sich verweigerten. Einige aber wollten Kapital aus unserer Situation schlagen, wollten uns erpressen, denen war das Schicksal der Firma scheinbar egal. Aber es stand zu viel auf dem Spiel, ich blieb hart. Diejenigen, die nicht wollten, mussten gehen.

Leider war unser dritter Gesellschafter Herr Pape wieder einmal aus der Rolle gefallen. Er war am Tag der Insolvenzanmeldung eiskalt in den Urlaub abgetaucht. Undenkbar für den Geschäftsführer eines Unternehmens in so einer Situation. Egal, ob die Bank mitspielte oder nicht, sollte der Vergleich gelingen, würde Herr Pape abberufen, das schwor ich mir! Wir kämpften, die Belegschaft zog mit, Fremde halfen und ein Eigentümer tauchte ab. Das Band zwischen uns war endgültig zerschnitten.

Wir hatten jetzt zwar alle Zustimmungen, aber wir hatten sie noch immer nicht schriftlich. Die Bank verlangte von mir, dass ich den Insolvenzantrag zurücknahm. Man war der Meinung, dass der Insolvenzverwalter rausmusste. Ich wollte eigentlich noch ein paar Tage Zeit, nicht nur um die schriftlichen Bestätigungen zu erhalten, sondern vor allem, um zu erfahren, wie Opel sich in Zukunft verhalten würde, ob wir gekündigt wurden. Das Unfassbare war aber Realität geworden, der Vergleich war mehr oder minder durch, selbst das Finanzamt hatte zugestimmt. Nur die Bürgschaftsbank brauchte noch Zeit mit diversen Formulierungen im Vertragstext. Frau Fink hatte einen großen Anteil an unserem Erfolg und wir hatten etwas geschafft, was niemand für möglich gehalten hatte. Wir waren der erste Opel-Händler Deutschlands, der sich nach einer Insolvenz selbst »reanimierte«.

Diese Wochen aber waren der Horror, alle waren erschöpft. Aber wir konnten keine Auszeit nehmen, noch härtere Arbeit lag vor uns. Am 28.09.2000 fuhr ich wieder zum Amtsgericht nach Magdeburg und nahm den Insolvenzantrag zurück. Es war wie eine neue Geburt! Das Glücksgefühl konnte ich nicht beschreiben. Eine große Last war von meinen Schultern genommen. Das glaubte ich zumindest zu diesem Zeitpunkt.

Wir hatten aber wieder einmal die Rechnung ohne den Wirt, der Opel hieß, gemacht, das sollte sich bald zeigen.

3. Kapitel 2000 bis 2002

Die letzten 660 Tage des Unternehmens

Fazit

Was hatten wir nun eigentlich erreicht? Wir hatten eine Insolvenz überstanden, in die wir durch unseren Hersteller und seine Bank getrieben worden waren.

Die Zukunft würde mit diesen Partnern noch schwieriger werden. Nach fast zehn Jahren als Automobilhändler wurden wir nur gehetzt. Erst die langen ermüdenden Verhandlungen mit der Treuhand mit dem Ergebnis eines schlechten Vertrages – viel Geld für nichts. Dann das Opel-Geschäft, immer wieder finanzielle Forderungen, kleinere Margen und Qualitätsprobleme ohne Ende. Ein Vergleich, der im Eilzugtempo geschlossen worden war und von dem wir noch nicht wussten, ob alles berücksichtigt worden war und ob nicht noch »Leichen im Keller« waren.

Viele ungelöste Fragen, die geklärt werden mussten. Wenn die Opel-Bank uns keine Einkaufsfinanzierung mehr gab, war der Vergleich nutzlos. Sie hatten sich an nichts beteiligt. Wir wollten auch nur eines: wieder vollwertiger Händler sein. Wenn Opel sich verweigerte, stünden wir im Regen. Wenn das das Ziel Olympias war – wir würden sehen. Bisher waren wir von einer Planwirtschaft in eine nächste gekommen, mit der Konsequenz, dass wir persönlich die Zeche bezahlen würden, wenn es schiefging.

Jetzt war es aber wichtig, der Öffentlichkeit, unseren Kunden und Geschäftspartnern zu zeigen, dass wir wieder ein vollwertiges Unternehmen waren, das funktionierte.

Ich gab deshalb ein Interview in der Volksstimme, unserer überregionalen Tageszeitung. Außerdem schalteten wir Annoncen mit der Überschrift »Autohaus Halberstadt – Opel-Vertragshändler wieder am Netz«.

Am 7. Oktober war die Premiere des neuen Corsa in Deutschland, wir konnten natürlich keinen Corsa mehr bestellen. Also musste ich den Kollegen aus Wernigerode bitten, mir einen oder zwei zur Verfügung zu stellen. Das klappte auch und so konnten wir an der Präsentation teilnehmen, und das war wichtig! Wir taten natürlich alles, um die Vorstellung für uns zu nutzen.

An dem Wochenende hatten wir eine tolle Resonanz. Viele Kunden kamen vorbei, gratulierten und freuten sich ehrlich, dass wir weitermachen konnten. Von den Problemen und Schwierigkeiten, die wir immer noch hatten, ahnte niemand etwas. Auch Pape war plötzlich wieder aufgetaucht, war einfach da, ohne Kommentar zurück. Der Junge war wirklich eiskalt. Ich kochte. Wir stellten ihn erst mal kalt, aber es durfte nichts an die Öffentlichkeit dringen. Wir hofften nun auch, dass Opel uns so schnell wie möglich wieder ans Netz ließe, das hieße, dass wir Neuwagen und Ersatzteile wieder direkt und ohne Umwege über einen anderen Händler bestellen konnten.

Ja, und dass die Opel-Bank uns die Einkaufsfinanzierungslinie freischaltete. Nur so konnten wir wieder profitabel arbeiten.

Wieder eine neue Variante von Opel

Im Oktober mussten fünf Opel-Händler aus meiner Region zur Vertriebsregion Ost nach Berlin. Hier wollte man uns mal wieder ein neues Vertriebskonzept vorstellen. Die Geschäftsführer aus Aschersleben, Blankenburg, Quedlinburg, Wernigerode und Halberstadt waren gespannt, welche Variante nach »Olympia« nun wieder präsentiert wurde. Die Herren der Vertriebsregion kamen auch gleich zur Sache. Mittels Bildwerfer warf man die neue Struktur des Nordharzes an die Wand. Danach würden die Firmen Blankenburg, Halberstadt und Quedlinburg zu Zweigbetrieben degradiert. Die Händler aus Wernigerode und Aschersleben sollen diese Betriebe übernehmen und sich nach einem noch zu nennenden Zeitraum zu einem großen Betrieb vereinen, dem »Opel Autohaus Nordharz«. So einfach war das! Großes Schweigen und Verblüffung herrschte bei allen anwesenden Händlern. Was sollte das nun wieder? Das war wie eine Enteignung! Wir waren fassungslos. Die Vertriebsleitung präzisierte weiter. Die Zweigbetriebe würden die Kündigung des Opel-Vertrages noch in diesem Jahr erhalten. Die vorgesehenen Kernhändler mussten die gekündigten Betriebe erwerben oder am Standort neue Betriebe errichten. Es wurden keine Kooperationen geduldet, Opel verlangte klare Eigentumsverhältnisse. Es war unglaublich, wie hier mit Händlern umgegangen wurde. Ich schaute in die Runde. Alle Kollegen waren tief betroffen. Sie wussten, dass das nie und nimmer Realität werden konnte. Der Neuwagenmarkt ging immer mehr zurück und dann so etwas! Die Händler hatten kaum noch Geld, mussten ihre Tilgungen für die Investitionen leisten. Es gab keine großen Diskussionen mehr, alle fuhren betroffen nach Hause.

Die benannten Kernhändler erhielten schriftlich den Auftrag, das Konzept umzusetzen. Herr Eger, der frühere Hauptdistriktleiter und jetzige **Leiter der Händlerentwicklung** (50), war der Koordinator für sie. Das gab man uns mit auf den Weg.

Mir wurde schlagartig klar, dass der Vergleich umsonst gewesen sein würde und wir keine Chance mehr haben würden, uns zu sanieren, wenn wir jetzt gekündigt würden. Einige Gläubiger könnten den Vergleich widerrufen. Kaum hatten wir ein Problem gelöst, stand das nächste ins Haus. Am nächsten Tag informierte ich Frau Fink über die neue Situation. Auch sie war sichtlich erschüttert. Wir sollten das zunächst für uns behalten und einen Termin bei Johannes, dem Vertriebschef Ost, machen, schlug sie vor. Denn auch Frau Fink war klar, dass es das Aus für das Unternehmen bedeutete, wenn jetzt die Kündigung käme. Die Gläubiger setzten auf uns als Händler mit Vertrag. Nun, damit war natürlich die Freude über den erfolgreichen Vergleich verschwunden, wir wollten aber nicht kapitulieren oder resignieren.

Neue Hausaufgaben machen

Zunächst einmal musste Bilanz gezogen werden. Was hatten der Vergleich und die Insolvenz gebracht und gekostet? Welche Mittel standen zur Verfügung und welche wurden gebraucht? Das hieß natürlich unbedingt, das Buchwerk in Ordnung bringen und die **Jahresbilanz (51)** erstellen. Denn jeder Geschäftspartner, vor allem Opel und die Banken, wollte Zahlen sehen, um uns als Firma beurteilen zu können. Die Bürgschaftsbank Sachsen-Anhalt stellte nachträglich zum Vergleich noch Forderungen. Da wir uns schon am Ende des Jahres befanden, war damit zu rechnen, dass die Ergebnisse des Vergleichs nicht hundertprozentig in das Jahr 2000 einfließen konnten. Auch die Hausbank hatte schon angedeutet, dass sie das aus Bilanzgründen gerne im Jahr 2001 machen wollte. Ich brauchte aber für die zukünftigen Verhandlungen Unternehmenszahlen, die unsere tatsächlichen wirtschaftlichen Verhältnisse nach der Insolvenz widerspiegelten.

In dem Gespräch mit der Hausbank, an dem auch Frau Fink teilnahm, brachte ich diese Probleme zur Sprache, aber keinen der Banker interessierte das. Sie sonnten sich im Erfolg des Vergleichs. »Wir erwarten, dass Sie Frau Fink weiter involvieren, die Buchhaltung in Ordnung bringen und Gas geben, was den Umsatz betrifft!«, sagten sie an mich gewandt. Das war leichter gesagt als getan. Ich deutete aber an, dass wir wussten, was Priorität hatte, und dass wir nicht weiter Unsummen für Beraterkosten ausgeben konnten. Wir mussten wieder Geld verdienen!

Frau Fink schlug vor, einen Beirat zu installieren, der das Unternehmen eine Zeit lang begleiten sollte. Dies wurde von allen positiv aufgenommen. Anschließend ging ich mit Frau Fink wieder in Klausur. Wir fertigten einen Termin- und Maßnahmeplan der wichtigsten Aktivitäten der nächsten Wochen an. Ich machte ihr klar, dass das Ergebnis des Vergleichs noch in die Bilanz 2000 einfließen müsse und dass ihr Mann Herr Dichter, sie hatten mittlerweile geheiratet, erst einmal die Bilanz für das Jahr 1999 fertigstellen musste, denn ohne Zahlen verhandelte niemand mit mir.

Frau Fink meinte, dass sie jemand hätte, Herrn Altdorf, der uns in der Buchhaltung unterstützen konnte, dann würde ihr Mann schneller fertig mit den Bilanzen. Dieser Mann sollte aber über ihre Firma vergütet werden, weil das für ihn steuerlich besser sei. Das gefiel mir eigentlich nicht, aber ich willigte ein. Gleichzeitig sagte ich ihr, dass auch ihre Tätigkeit, was den Aufwand betraf, geplant und auf das Notwendige beschränkt werden musste. Sie hatte sehr viel erreicht, aber wir hatten kein Geld mehr für Beratungen. Alle ihre Handlungen sollten vorher mit mir abgestimmt werden. Der Vergleich musste endlich beendet werden.

»Es ist schlimm, dass plötzlich noch Nachforderungen auftauchen. Wir können nicht noch weitere Monate warten, die Zeit läuft uns davon, Frau Fink!«, sagte ich. Damit begannen wir wieder mit dem Papierkrieg. Bald meldete sich Herr Altdorf bei mir, der die Buchhaltung organisieren sollte. Ich muss ehrlich sagen, ich hielt nicht viel von der Aktion, wollte aber Frau Fink nicht vor den Kopf stoßen.

Wir sprachen lange und intensiv, ich wollte mir ein Bild machen, ob er für diese Aufgabe geeignet war. Er sagte, dass er ein guter Freund von Herrn Dichter sei und schon lange mit ihm zusammenarbeitete. Herr Dichter sei ein guter Steuerberater. Ich machte einen Vorschlag zur Bezahlung. »Wir müssen uns in einem Rahmen bewegen!«, sagte ich. »Mehr kann ich nicht.« Er meinte, es ginge ihm nicht in erster Linie um das Geld. Er wolle helfen und sei einverstanden mit meinem Vergütungsvorschlag. Dann begann er mit seiner Arbeit. So ging das ereignisreiche Jahr 2000 zu Ende.

Opel und die Opel-Bank bewegten sich nach wie vor nicht. Sie wollten Zahlen sehen und so lange mussten wir auf Sparflamme kochen. Unsere Neuwagenfinanzlinie war weiter gesperrt. Das hieß, bestellen und ausliefern konnten wir die Neuwagen weiterhin nur über Wernigerode. Trotz dieser Probleme hatte das Unternehmen über elf Millionen Mark Umsatz in diesem Jahr gemacht. Aber unter solchen Bedingungen konnte es nicht lange weitergehen, das war klar.

Erste Verstimmungen mit der Unternehmensberaterin

Ich machte weiter Dampf gegenüber dem Steuerberater wegen der Bilanz 1999, hier passten einige Zahlen nicht. Herr Dichter meinte, unsere Buchhaltung sei das Problem, Herr Althof habe gute Arbeit geleistet und die müsse bezahlt werden. Er überreichte mir eine Abrechnung der Leistungen. Als ich sie überflog, stellte ich fest, dass ein höherer Vergütungssatz als der vereinbarte zugrunde gelegt worden war. Ich fragte ihn, wie das sein konnte? Er antwortete, dass Herr Althof ihm davon erzählt habe, er aber der Meinung gewesen sei, dass das nicht ausreiche. Ich war wütend und erklärte Herrn Dichter, dass wir uns in der Sanierung befänden und Herr Althof für mich arbeitete und dass ich als Unternehmer das Recht hätte, die Konditionen auszuhandeln. »Dann wird er über uns bezahlt«, antwortete ich. Dichter wollte daran mit verdienen, deshalb sollte die Abrechnung über ihn laufen. Dichter mochte es nicht akzeptieren, er wollte sich durchsetzen. Er hatte Blut geleckt und glaubte, unsere Situation ausnutzen zu können. Der Mann wurde mir immer unsympathischer, nun zeigte er sein wahres Gesicht.

Ich blieb diesmal hart und forderte von ihm, die mehrmals versprochene Bilanz endlich komplett vorzulegen. Wir gingen nicht gerade freundlich auseinander. Damals hatte ich mich auf Verlangen von Frau Fink von meinem langjährigen Steuerberater getrennt. Aber mit Dichter gab es nur Probleme, nichts wurde fertig und jetzt auch noch diese Sache mit Althof. Wenige Tage später bekam ich tatsächlich die beanstandete Rechnung von Herrn Dichter wieder präsentiert. Auch Frau Fink hatte noch einmal ordentlich abgerechnet. Ich war empört! Frau Fink hatte Leistungen in Rechnung gestellt, die nicht vereinbart waren und die ich nicht nachvollziehen konnte. Ich rief sie an und bat dringend um ein Gespräch.

Es fand auch statt, ich erläuterte ihr nochmals, dass ich für das, was sie für uns getan hatte, dankbar war, dass wir diese Arbeit aber auch gut bezahlt hatten. Jetzt aber müssten wir sparen und können nicht so weitermachen. Vor allem musste der Vergleich zu Ende gebracht werden. Das, was ihr Mann dort tat, würde ich nicht akzeptieren.

Sie reagierte gereizt. Die Hausbank setze auf sie und sie müsse auch Geld verdienen, meinte sie. »Ich möchte Sie bitten, sich an die Regeln zu halten. Ich bin der Auftraggeber und muss das alles auch bezahlen. Sie kennen unsere finanzielle Situation, und die ist nicht rosig!«, erklärte ich ihr. »Egal, was die Bank denkt, ich werde das nicht mehr dulden.« Mir blieb keine andere Wahl, es ging ums Überleben und wir hatten nichts mehr zu verschenken und Frau Fink versuchte, die Situation auszunutzen.

Sie hatte sich völlig verändert. Ihr Mann schien sie unter Druck zu setzen. Sie waren sowieso ein ungleiches Paar – er klein und 20 Jahre älter, sie eine junge attraktive Frau. »Wie passt das zusammen?«, fragten sich viele. Aber das war ihre Sache.

Im Januar konstituierten wir den Beirat, es gab die erste Sitzung. Die Hausbank war mit dem Direktor der Kreditabteilung Herrn Holzmann, die CC-Bank mit den Herren Kalweit und Fritz vertreten. Frau Fink und Herr Dichter sowie Herr Schmidt und ich waren Mitglieder des Beirates. Opel und die Opel-Bank sollten auch teilnehmen, aber sie verweigerten sich. Ich schilderte die derzeitige Situation unseres Status als Opel-Händler und die daraus resultierenden Probleme für das tägliche Geschäft. Die Haltung von Opel traf auf allgemeines Unverständnis. Herr Kalweit von der CC-Bank versprach Unterstützung, die Neuwagen eventuell zu finanzieren, aber er brauchte Zahlen, Bilanzen!

Herr Dichter sagte wieder zu, diese kurzfristig zu liefern. Frau Fink meinte, dass wir noch einmal das Gespräch mit Opel suchen würden, um diese unmögliche Situation zu entschärfen. Ich warnte aber gleich vor, dass ein Gespräch mit Opel wahrscheinlich nichts bringen werde. Die wichtigste Entscheidung war aber, dass die Hausbank uns erst einmal eine vorläufige kleine Einkaufsfinanzierung zur Verfügung stellte, damit wir wieder Neuwagen direkt bei Opel bestellen konnten. Das war zwar keine besonders hohe Kreditlinie, wir hatten sonst 2.000.000 Euro, es half aber erst einmal weiter. Ich informierte den Beirat darüber, dass wir seit Längerem Probleme mit der EDV-Anlage hatten und dass die Gefahr bestand, dass durch Manipulation von außen die Anlage ausfallen konnte. Es wurde vereinbart, dass der Beirat sich in Zukunft in dieser Zusammensetzung monatlich treffen würde, um der Geschäftsleitung Hilfestellung bei der Lösung der komplizierten Aufgaben zu geben.

Wir waren froh, dass wir endlich wieder Neuwagen bei Opel bestellen konnten. Man hatte uns nach zwölf Monaten endlich wieder freigeschaltet. Doch wenige Tage nach der Beiratssitzung passierte es, die EDV fiel tatsächlich komplett aus. Das war kein Zufall! Ich hatte es geahnt. Die Bedingungen waren schon schlecht, aber das war eine ganz gefährliche Situation für uns. Wir führten sofort eine Krisensitzung in der Firma durch und legten Maßnahmen fest, wie wir den Betrieb ohne EDV manuell weiterführen konnten. Damit waren wir wieder total von Opel abgekoppelt.

Auch die Buchhaltung und alles andere musste manuell geführt werden. Das war wie zu tiefsten DDR-Zeiten. Es sollte wahrscheinlich so sein, aber wir wollten nicht aufgeben. Der EDV-Anbieter rührte sich auch nicht, um den Ausfall zu beheben. Anfragen bei Opel blieben ohne Reaktion. Der Ausfall der EDV-Anlage dauerte bis zum 7. März, also über einen Monat. Erst nach langen Verhandlungen gelang es uns, dass der EDV-Anbieter die Anlage wieder instand setzte, so dass wir sie nutzen konnten.

Ein einmaliger Vorgang, der wieder zum Nachdenken zwang! Man kann sich vorstellen, was es für ein Aufwand war, die Daten nachzutragen. Später sagte mir ein leitender Manager der EDV-Firma, den ich schon lange kannte und mit dem ich per Du war, dass Opel tatsächlich die Finger im Spiel gehabt und gehofft hatte, dass wir dadurch in die Knie gehen würden. Es gab Anweisung, uns zappeln zu lassen.

Mein Hass auf diesen Konzern wuchs, nicht auf die Marke, sondern auf einige seelenlose, unfähige Manager, denen das persönliche Schicksal der Händler egal war.

In der Beiratssitzung im März brüskierte mich Herr Dichter wieder. Er konnte immer noch keine ordentlichen Bilanzen liefern, meinte aber, dass ich erst Althoff richtig bezahlen solle, dann würde er auch liefern. Das war Erpressung! Die Bilanzen, die Herr Dichter versprochen hatte, wurden einfach nicht fertig und waren fehlerhaft. Aber wir brauchten sie dringend.

Ich ließ eine Bekannte, die etwas davon verstand, in den Entwurf schauen. Sie sagte mir unverblümt, was ich schon geahnt hatte: »Das ist Schrott!« In mir kam ein Verdacht hoch. Ich überwand mich und rief Dr. Nexö, meinen alten Steuerberater, an und bat dringend um ein Gespräch.

Also fuhr ich zu ihm und schilderte die Situation und fragte, ob er mir helfen könne. Er sollte prüfen, ob Dichter wirklich Steuerberater und in der Steuerkammer eingetragen war. Die Antwort kam bald und brachte Gewissheit. Dichter war weder Steuerberater noch Steuergehilfe! Es war nicht zu fassen, ich bat Nexö, unser Mandat kurzfristig wieder zu übernehmen und die dringend benötigten Bilanzen zu erstellen. Denn ohne Bilanz waren wir verloren. Er lachte: »Sehen Sie, Kobert, Sie wollten nicht auf mich hören, aber wir tun, was wir können und helfen Ihnen«, sagte er. Jetzt fiel mir seine Bemerkung von damals wieder ein: »Nicht alles in eine Hand geben!« Er hatte recht gehabt!

Ich informierte Frau Fink darüber, dass wir herausgefunden hatten, dass ihr Mann keine Zulassung als Steuerberater besaß. »Das stellt einen Vertrauensbruch dar! Das ist Betrug!« Dann teilte ich ihr mit, dass ihr Mann mit sofortiger Wirkung raus sei und Dr. Nexö wieder das Mandat habe. Sie wurde puterrot und antwortete nicht. Es war ihr peinlich. Wir hatten schon gemerkt, dass ihr Mann sie nach ihrer spontanen Hochzeit irgendwie steuerte, und das war nicht gut für sie. Damit war viel kaputtgegangen zwischen uns, was Vertrauen und Achtung betraf. Aber ich musste jetzt handeln und wusste zu diesem

Zeitpunkt bereits, dass auch die Zusammenarbeit mit ihr bald ein Ende haben musste. Es ging einfach nicht mehr.

Dr. Nexö und seine Partnerin Frau Fischer schafften es, zur Beiratssitzung im Mai eine Bilanz zu präsentierten, die stimmte. Allerdings hatte der Kumpel von Dichter, Althoff, Unterlagen des Betriebes nicht herausgegeben. Umso mehr war die Leistung von Nexö zu würdigen. Die Hausbank wunderte sich natürlich, dass Dr. Nexö wieder unser Steuerberater war, hatte man seine Arbeit von Seiten Herrn Dichters doch immer als dilettantisch eingestuft. Wir wollten Frau Fink jedoch nicht brüskieren, die Situation war schon peinlich genug.

Die Hausbank forderte von Herrn Schmidt und mir nun die Abtretung unsere Gesellschafter-Anteile am Mitsubishi-Betrieb als Sicherheit. Das war ein kleiner Betrieb, bei dem wir beide Mitgesellschafter waren, ein Betrieb, der gut lief und den wir vor drei Jahren gegründet hatten. Auch hier mussten wir mitspielen, wir hatten alle Sicherheiten verloren. Nach der Sitzung schrieb mir Holzmann von der Hausbank einen Brief, in dem er von mir verlangte, Frau Fink aufgrund ihrer Verdienste in alle Aufgaben weiter einzubinden. Er erwarte, dass wir weiter mit ihr zusammenarbeiten, sonst habe das Konsequenzen für das Arrangement mit der Hausbank. Eine klare Drohung!

Also hatte sie nach unserem letzten Gespräch bei der Bank vorgesprochen und denen irgendwelche Unwahrheiten erzählt. Da musste mehr im Spiel sein, vermutete ich! Frau Fink rechnete auch weiterhin dreist alles ab, was ich nicht nachvollziehen konnte, und produzierte Kosten, die wir nicht mehr verkrafteten. Eine Frechheit! Aber sie saß auf einem hohen Ross und ließ es uns spüren. Bei der Hausbank hatte sie einen Stand erreicht, der sie glauben ließ, unabkömmlich zu sein. Der Betrug mit ihrem Mann ließ kein Schamgefühl in ihr aufkommen. Im Gegenteil, sie wurde arrogant und zog alle Register.

Was für eine Wandlung hatte diese Frau vollzogen! Es war nur noch eine Frage von wenigen Wochen, bis die Bombe platzte. So lange musste ich taktieren.

Was passiert mit Pape?

In jeder Beiratssitzung forderte ich eine Lösung des Problems Pape. Es war unerträglich, dass der Mann noch Geschäftsführer und Gesellschafter war. Die Hausbank sollte endlich prüfen, ob seine Kredite auf mich und Schmidt übertragen werden und wir ihn dann als Geschäftsführer abberufen konnten. Aber es tat sich nichts. »Wenn bis Juni nichts passiert, machen wir es auf eigene Faust. Ich suche schon einen Nachfolger«, sagte ich zu Schmidt. In der Firma arbeitete er de facto schon als Verkäufer, ich übernahm Teile seiner Aufgaben, aber das war kein Dauerzustand, es mussten Entscheidungen fallen. Auch hier hatte Frau Fink versagt, sie hatte das klären sollen.

Suche nach neuen Partnern

Wegen der permanenten Verweigerung Opels sah ich mich nach möglichen anderen Automobil-Partnern um. Mit Subaru und Peugeot kamen wir ins Gespräch. Sie waren auch interessiert, wiesen aber beide daraufhin, dass wir die Zustimmung Opels brauchten, und ich hatte schon von Kollegen gehört, dass Opel sich immer querstellte. Es war ein Teufelskreis mit Opel!

Gleichzeitig nahm ich an mehreren renommierten Tagungen zur neuen Gruppenfreistellungsverordnung teil. Hier war man der Meinung, dass Händler, die von ihren Herstellern gekündigt wurden, keinen Vertrag mehr eingehen, sondern Alternativen suchen sollten, um auch ohne Vertrag Autos verkaufen zu können. Da war guter Rat teuer! Eins wurde aber auch klar bei den Gesprächen, die ich mit Händlern anderer Hersteller führte: Die anderen Marken gingen mit ihren Händlern auch nicht besser um. Aber Opel war die Krönung. Das Spiel, das sie mit uns trieben, war schlimm. Aber es nützte nichts, ich musste einen Weg finden, auch ohne Opel weiterzumachen.

Opel kündigt den Vertrag

Im April des Jahres erhielten wir die Kündigung des Händlervertrages zum April 2002. Man hatte es noch vier Monate hinausgeschoben. Die Begründung in der Kündigung lautete: schlechte Verkaufsergebnisse 2000. Das war fadenscheinig. Durch die Insolvenz hatten wir seit Juli 2000 keine Autos mehr selbst verkaufen können. Wir mussten über Wernigerode ausliefern und die Fahrzeuge wurden für diesen Händler in seinem Markt gewertet! Aber es war egal, es waren Tatsachen geschaffen und ich wollte auch nicht mehr.

Doch jetzt war auch klar, dass wir von der Opel-Bank keine Finanzlinie mehr bekommen würden. Doch wie sollten wir die zwei Jahre bis zum Vertragsende überstehen? Ich wollte und musste den Vertrag vorher beenden. Das war die einzige Lösung. Dazu suchte ich Kollegen auf, die das schon gemacht hatten, und nahm an Veranstaltungen teil, bei denen es um die Rechte der gekündigten Händler ging.

Zunächst wandte ich mich an den Opel-Händlerverband, unsere Interessenvertretung. Wochenlang fuhr ich zu Konsultationen, aber es brachte nichts. Ich merkte auch, dass der Verband das Interesse an gekündigten Händlern verloren hatte und nicht helfen konnte oder wollte. Dann empfahl mir ein Händler einen Rechtsanwalt in Frankfurt, der Händler bei der Beendigung von Verträgen unterstützte und deren Rechte versuchte durchzusetzen. Ich suchte ihn auf und erhielt von ihm Informationen, wie ich vorgehen sollte. Wenn wir von Opel eine Abfindung erhalten wollten, mussten wir jeden einzelnen Neuwagen, den wir seit Beginn unserer Händlertätigkeit verkauft hatten, nachweisen. Das waren die Bedingungen bei Opel. Das war wieder ein großer buchhalterischer Aufwand, alle Jahre mussten nachvollzogen und Hefter voller Listen erstellt werden, um unseren Anspruch zu ermitteln. Ein ziemlich kompliziertes Verfahren, was sich Opel da ausgedacht hatte, aber das war Absicht! Die Abfindung stand uns auch dann zu, wenn wir vor Ablauf der Kündigungsfrist aus dem Vertrag wollten.

Also wieder eine Menge Arbeit, weg vom Tagesgeschäft. Das aber musste sein, denn wir wollten und mussten weg von Opel.

Varianten

Was hatten wir für Alternativen? Es gab die Möglichkeit, sich einem anderen Händler als Zweigbetrieb anzuschließen. Dazu unterbreitete ich der Geschäftsleitung in Wernigerode auch ein Angebot. Da unser Betrieb sehr groß war, ließ er sich auch problemlos teilen. Dann wären wir zwar noch indirekt in der Opel-Organisation, aber kein Händler mehr. Eine weitere Möglichkeit war, den Peugeot- oder Subaru-Vertrag zu übernehmen oder einen Franchise-Vertrag für die Werkstatt abzuschließen – auch eine interessante Variante. Wir würden alles genau abwägen müssen. Doch bis dahin mussten wir vor allem weiter Geld verdienen, damit wir uns die Tilgungen für unsere Kredite leisten konnten. Das aber fiel uns immer schwerer! Ich stellte mir immer öfter die Frage, ob die Zeit nicht gegen uns lief.

Die vielen Jahre des Auf und Ab hatten Spuren hinterlassen, Narben, die nicht mehr verheilten.

Zur Rallye-WM nach Zypern

Peugeot, ein möglicher Partner, hatte Uwe Schmidt und mich eingeladen, mit ihnen zur Rallye-WM nach Zypern zu fliegen. Dort würden wir wichtige Leute des Vorstandes treffen und etwas über Peugeot erfahren. Wir sagten zu und fuhren am 30. Mai mit dem Pkw nach Paris. Am nächsten Tag flogen wir vom Flughafen Charles De Gaulle nach Larnaka auf Zypern und wurden von dort in unser Hotel nach Limassol gebracht. Wir erlebten herrliche Tage auf Zypern, wurden Zeugen der Rallye, konnten hinter die Kulissen schauen, waren hautnah dabei und lernten das Land und die Leute kennen. Die Franzosen hatten alles perfekt organisiert. Es waren mehrere Händler aus Deutschland mit uns eingeladen. Es tat gut, den Charme der Franzosen zu genießen, anders als es derzeit in der Opel-Organisation zuging.

Am 5. Juni flogen wir begeistert und hoch motiviert nach Paris zurück. Einen Tag später waren wir wieder in Halberstadt und standen weiter vor einem Berg ungelöster Probleme.

Es gibt kleine Fortschritte

In der Beiratssitzung im Juli konnte ich endlich einige Fortschritte vermelden. Pape wurde zum 30. Juni als Geschäftsführer abberufen und seine Kredite, vorbehaltlich der Zustimmung der Deutschen Ausgleichsbank, auf Schmidt und mich übertragen. Ein neuer Verkaufsleiter, von dem ich mir einiges versprach, war auch eingestellt. Pape arbeitete aber weiter als Verkäufer. Die Anteile von Mitsubishi hatten wir verkauft und das Geld unserer Firma zur Verfügung gestellt.

An der Beiratssitzung nahm auch erstmalig jemand von der Opel-Bank teil. Er versprach zu prüfen, ob die Opel-Bank nicht doch noch eine Einkaufslinie zur Verfügung stellen konnte. Denn trotz der Linien der CC-Bank und der Hausbank hatten wir kaum Spielraum – unser Bedarf war gewachsen. Wir verkauften gut, konnten aber nur begrenzt und verzögert ausliefern. Dank der Unterstützung einiger freier Händler, die mir Fahrzeuge mit Zahlungsziel (wir brauchten erst nach Auslieferung zu bezahlen) zur Verfügung stellten, konnten wir monatlich über 30 Gebrauchtwagen verkaufen. Bei den Neuwagen lief fast gar nichts mehr. Die Absatzkrise auf dem Neuwagenmarkt hatte ganz Deutschland erfasst.

Das Ende der Zusammenarbeit mit der Beraterin Fink

Die Arbeit mit Frau Fink gestaltete sich immer schwieriger. Seit dem Bruch mit ihren Mann gab es ständig Auseinandersetzungen. Altdorf, der »Helfer«, hatte Unterlagen zu Hause, die er nicht wieder herausgab, die wir aber dringend für die Bilanz 2000 brauchten. Die Hausbank hatte beim Vergleich fast 150.000 Mark vergessen, die man uns jetzt unterschieben wollte und die wir zusätzlich zurückzahlen sollten. Fink wusste schon lange davon und hatte uns erst jetzt informiert. Die Bürgschaftsbank hatte einen Besserungsschein nachgeschoben. Insgesamt hatte der Vergleich zwar eine Kürzung der Kredite gebracht – das war für die Zukunft wichtig –, wir mussten aber 450.000 Mark für den Vergleich bezahlen und damit war das »frische Kapital« aufgefressen. Die Tilgungen gingen auch ohne Pause vierteljährlich weiter. Wir standen schlechter da als vor dem Vergleich und hatten auch noch den Makel der Insolvenz zu verkraften.

Aber Frau Fink schrieb ununterbrochen weiter Rechnungen für Leistungen, die ich nicht mehr nachvollziehen konnte. Sie sah unser Unternehmen wahrscheinlich als Hauptverdienstquelle an. Viele ungeklärte Dinge, die sie hätte regeln müssen, waren offen. Unter dem Strich gab es also keinen Anlass zur Freude. Frau Fink wollte für den Erfolg des Vergleichs nachträglich eine Erfolgsprämie in Höhe von 25.000 Mark kassieren. Sie drohte damit, dass die Hausbank uns fallenlasse, wenn sie ausstiege. Dabei hatte sie im vergangenen Jahr 90.000 Mark für ihre Arbeit bekommen und das gleiche noch einmal über Fördermittel. Jetzt stand sie nur noch im Weg, hatte bei der Hausbank aber ein hohes Ansehen. Was sollte ich tun? Im August beendete ich dann die Zusammenarbeit, zog die Notbremse!

Es reichte, die Frau wurde immer dreister. Dafür bekam ich von der Bank einen Rüffel und musste mich sogar vor dem Vorstand rechtfertigen. Ich sollte weitermachen mit ihr. Ich blieb hart, es war schon schlimm genug, was sie angerichtet hatte. Das begriffen die Herren von der Bank aber nicht oder wollten es nicht. Im Nachhinein muss ich sagen, dass sie mit dieser Sache völlig überfordert war. Sie konnte gut argumentieren und ließ sich auch nicht abwimmeln. Durch die anfänglichen Erfolge verblendet, erkannte sie nicht das Wesentliche und war geldgierig geworden.

Der letzte Versuch mit der Opel-Bank

Nachdem ein Vertreter der Opel-Bank an der Beiratssitzung im Juli teilgenommen hatte und nichts passiert war, was die Kreditlinie betraf, startete der Beirat noch einmal den Versuch, die Bank zum Einlenken zu bewegen. Das Schreiben an den Bankenvorstand blieb unbeantwortet, erst ein Schreiben von mir an den Opel-Vorstand veranlasste diesen doch noch zu einer Antwort. Darin teilte der Vorstand lapidar mit, dass es keine Linie mehr gäbe, weil das Arrangement zu riskant für die Bank sei. Ich hatte nichts anderes erwartet. Nach der Kündigung des Vertrages waren wir nicht mehr tragbar und uninteressant. Wir waren abgehakt! Damit würde es weiter schwierig bleiben, Autogeschäfte zu tätigen, denn mit den vorhandenen kleinen Linien hatten wir auf Dauer keine Chance. Bis zum Jahre 2004 konnten wir nicht durchhalten.

Das wirkte sich auch schon deutlich auf den Umsatz aus. Wir hätten mehr verkaufen können, hatten aber keinen Spielraum, Fahrzeuge dazuzukaufen. Ein Teufelskreis! Die Hausbank und die CC-Bank würden ihr Volumen auch nicht weiter erhöhen. Das war klar geworden, nachdem die Opel-Bank endgültig abgesagt hatte. Die Linie der Hausbank war bis zum 31.12. 2001 begrenzt. Wie sollte es dann weitergehen? Die letzte Hoffnung, aus dem Dilemma zu kommen, lag in der vorzeitigen Beendigung des Opel-Vertrages und der Nutzung der Abfindung als Quelle für die Einkaufsfinanzierung, aber die Zeit wurde knapp. Am 31.12. stand die nächste Tilgung an. Die Septembertilgung hatte uns schon sehr belastet und wir schafften sie gerade so.

Das Jahr 2001 ist zu Ende

Ich arbeitete wie ein Roboter, ich trieb die Leute an, damit die Unterlagen für Opel fertig wurden, verhandelte, suchte nach Alternativen. Wir brauchten Geld. Wir saßen in einer Falle, aus der es wahrscheinlich kein Entrinnen gab, das wurde mir immer klarer. Aber ich wollte noch nicht aufgeben und weiterkämpfen. Das Jahresergebnis war negativ, obwohl wir die Kosten radikal gesenkt hatten, bessere **Erträge (54)** als im Vorjahr erzielten, was fehlte, war der Umsatz.

Die Tilgungen zum Jahresende konnten wir nicht leisten. Ich informierte die Bank rechtzeitig, bat um Aufschub. Holzmann hatte es erwartet. »Machen Sie Dampf, dass Sie mit Opel klarkommen. Wir werden im Vorstand beraten, wie es weitergehen soll. Dazu brauchen wir Zahlen!«, sagte er. Das war leichter gesagt als getan, nach dem EDV-Crash waren Daten verloren gegangen und ein Jahresabschluss war nicht in ein paar Tagen gemacht. Jetzt wusste ich, dass es wirklich fünf vor zwölf war!

Die Bank macht Dampf

Mitte Januar des neuen Jahres musste ich zum Vorstand der Hausbank. Ich erläuterte ihnen anhand der vorliegenden Zahlen den Geschäftsverlauf, obwohl der ja bekannt war. Sie erhielten jeden Monat die Zahlen. Des Weiteren berichtete ich zum aktuellen Stand der Verhandlungen mit Opel. Ich hatte unsere Errechnung des Anspruchs dem Rechtsanwalt in Frankfurt übergeben. Danach konnten wir mit ungefähr 160.000 Euro Abfindung rechnen. Dazu kämen noch 250.000 Euro für das Lager, das wäre unsere Rettung. »Ihre Linie brauche ich weiter«, sagte ich zum Vorstand, »sonst können wir abschließen.« Dr. Bläser, der neue Vorstand, hielt mir einen Vortrag. Wir hätten die Chancen des Vergleichs nicht genutzt, Frau Fink rausgeekelt. Die Bank habe sich

118

aus dem Fenster gelehnt, mehr ginge nicht. Er erwarte, dass wir unsere Tilgungen leisteten. Es werde keine Überziehung mehr geduldet.

Wir hatten Pech, dass dieser Mann nun den gewerblichen Bereich der Bank leitete. Erstens kannte er unsere Vorgeschichte kaum und zweitens war er unnahbar und arrogant, was eher auf Unsicherheit schließen ließ. Dr. Nexö, der bei dem Gespräch anwesend war, argumentierte, dass der Vergleich dem Unternehmen gar nichts gebracht habe, im Gegenteil, die Tilgungen hätten zwei Jahre ausgesetzt werden müssen. Man könne nicht etwas geben und es gleich wieder wegnehmen. Ohne eine ordentliche Einkaufsfinanzierung könne das Unternehmen nicht weiter existieren. Aber die Herren vom Vorstand akzeptierten die Argumente nicht, hatten sie diese Situation ja mit zu verantworten. Die Bank ließ weiter die Muskeln spielen: »Wir erwarten von Ihnen«, sagten sie an mich gerichtet, »einen konkreten Maßnahmeplan, wann Sie was zahlen und wann mit der Abfindung von Opel zu rechnen ist. Wenden Sie sich bitte an die Bürgschaftsbank Sachsen-Anhalt, vielleicht haben die Förderprogramme für Autohäuser, wir geben nichts mehr und werden keine Überziehung mehr dulden.«

Damit war klar, es wurde eng, ganz eng für uns. Vielleicht hatten sie uns schon abgeschrieben und wollten uns nur noch so lange am Leben halten, bis sie einen Nachnutzer hatten. Dieser Verdacht kam in mir jetzt hoch. Sie erlaubten uns aber, die Einkaufsfinanzierung weiter zu nutzen – bis auf Widerruf. Das war wenigstens etwas. »Das mit der Bürgschaftsbank können Sie vergessen«, sagte ich zu Nexö. »Die beteiligen sich an einem Vergleich und dann wollen wir neue Mittel. Das ist doch irre!« – »Der Vergleich ist dilettantisch abgeschlossen worden. Die Fink hat Fehler über Fehler gemacht und die Hausbank hat auch einiges zu verantworten«, sagte Nexö.

Das erste Quartal des Jahres 2002 wurde nicht besser. Wir mussten jeden Tag mit dem Geld jonglieren. Mittlerweile bestellte ich wieder Neuwagen über Wernigerode, weil unser Rahmen nicht ausreichte. Auch die Lohn- und Gehaltszahlungen mussten geschoben und immer Stück für Stück abgestottert werden. Das brachte natürlich Unruhe in die Belegschaft. Sie spürten jetzt, dass es wieder brannte. Herr Schmidt und ich verzichteten ab März auf unser Gehalt, um Geld zu sparen, aber das war kein Dauerzustand. Mit Opel hielt ich ständig Kontakt wegen der Beendigung des Vertrages. Sie stellten aber immer wieder Nachforderungen, verzögerten. Ich glaube, sie wussten genau, dass wir große Schwierigkeiten hatten, und das nutzten sie brutal aus.

Ende März waren wieder Tilgungen für die Investitionen fällig. Wir schafften es gerade so, aber danach wurde es noch enger. Ich wollte nun Teile des Unternehmens verkaufen, es gab auch Interessenten, zum Beispiel für den Abschleppdienst, unserer profitabelsten Abteilung. Aber die Zeit lief mir davon. Im April buchte Opel einfach 10.000 Euro von unserem Konto ab. Angeblich war das Geld, das ihnen aus dem Jahre 2000 zustand. Aber ich glaube, sie wollten einfach testen, ob wir noch Luft hatten. Ich ließ es zurückbuchen und wollte Belege sehen. Sie aber drohten mit der Einstellung der Lieferungen an uns.

Wieder war Eger, der Leiter der Händlerentwicklung, bei mir. Er grinste: »Wir bieten Ihnen 30.000 Euro Abfindung, damit sind Sie gut bedient und können gleich raus aus dem Vertrag.« Ich kochte. 30.000 Euro für zwölf Jahre Opel? Das war ein Witz! »Wenn Sie noch lange warten, läuft die Zeit für uns«, meinte er. »Denken Sie daran, die 10.000 Euro zu bezahlen, sonst schalten wir Sie ab. Wir können den Betrag natürlich auch mit der Abfindung verrechnen, dann bekommen Sie noch 20.000 Euro. Warten Sie nicht zu lange, die Zeit läuft gegen Sie. Wir haben Zeit!« – »Ein Zyniker, ein Schwein!«, dachte ich. »Dem ist es scheißegal, was mit uns passiert.« Ich war erschüttert.

Dann rief ich den Rechtsanwalt an und informierte ihn über das Angebot Opels. »Die pokern natürlich!«, meinte er trocken. »Sie bekommen schon Ihren Anspruch, aber wir brauchen noch Zeit dafür.« Aber die Zeit hatten wir nicht mehr, das wurde mir immer deutlicher.

Ich musste bald eine folgenschwere Entscheidung treffen, das war mir bewusst.

Ein letzter Versuch

Wir waren seit Jahren im Opel-Händlerverband organisiert, das ist so eine Art Gewerkschaft für die Händler. Der Vorstand, das waren gestandene, meist große Opel-Händler, die nah am Vorstand der Adam Opel AG dran waren. Bisher hatten meine Gespräche wenig gebracht. Ich meldete mich an und bat um ein kurzfristiges Gespräch mit einem Vorstandsmitglied. Vielleicht konnte dieser uns noch irgendwie helfen, damit wir aus dem Vertrag und zu unserem Geld kamen. Man gab mir einen Termin und so fuhr ich mit ein wenig Optimismus nach Frankfurt, dem Sitz des Verbandes. Ich hatte Glück, der Boss einer bekannten Dynastie, ein großer Händler wollte mit mir reden. »Also, was ist dein Problem?«, begrüßte er mich und tat vertraulich. Ich erklärte ihm unsere Probleme mit der Kündigung und der Abfindung. »Weißt du«, begann er, »ich bin jetzt 30 Jahre Opelaner in der zweiten Generation. Früher hat es mal Spaß gemacht, wir haben Geld verdient. Jetzt verlieren wir Geld, jeden Tag. GM interessiert das nicht. Sie kennen weder den europäischen noch den deutschen Markt. Wollen sie auch nicht! Endlich haben wir mal einen deutschen Chef (gemeint war Forster). Vielleicht kann der es den Amis erklären, was Qualität ist.« Er redete und redete über Dinge, die ich auch schon wusste. Also fragte ich, was er mir raten könne. Ob ich noch eine Chance hatte? »Du bist gekündigt?«, fragte er erneut. »Ja«, antwortete ich. »Dann interessiert sich keiner mehr für euch. Opel wird auch keine Abfindung zahlen, das kannst du vergessen! Ziel von Olympia ist es, den Händlerbestand drastisch herunterzufahren, ohne Geld auszugeben. Sie glauben, dass dadurch die AG saniert wird. Wenn sie Leute entlassen, kostet das mehr als einen Händler. Rette, was zu retten ist, bevor es zu spät ist. Opel hat Zeit, du nicht!«

Er konnte mir also auch nicht helfen und nahm mir die letzte Illusion. Ich verabschiedete mich, dankte artig für das Gespräch und fuhr, endgültig entmutigt, nach Hause.

Das Ende wird eingeleitet

Nach dem Gespräch in Frankfurt sah ich keine Chance mehr für uns, weiterzumachen. Es konnte noch Monate dauern, bis es eine Einigung mit Opel gab, wenn überhaupt. Die nächsten Tilgungen standen an, wir hatten keine Luft mehr. Ich beriet mich mit Schmidt. »Wir müssen Insolvenz anmelden. Dieses Mal ist es das Ende«, sagte ich zu ihm. Er wusste auch keinen Rat. »Wir müssen es einfach tun, sonst werden wir straffällig und können wegen Konkursverschleppung zur Rechenschaft gezogen werden.« Wir schwiegen lange und wussten nur zu gut, was jetzt auf uns zukommen würde. Schmidt kamen die Tränen. »Das soll es gewesen sein?« – »Ich fürchte ja«, entgegnete ich nach einer langen Pause. »Das ist das Ende. Wir haben verloren!« Wir saßen noch lange schweigend beieinander im Autohaus. Viele Bilder liefen ab, Erinnerungen an bessere Zeiten. »Dass Opel so mit uns umgeht, uns keine Chance lässt! Wir haben uns aufgerieben für den Konzern, den Kopf hingehalten bei den Kunden!«, meinte Uwe Schmidt. »Lass es uns sauber zu Ende bringen. Ich kann auch nicht mehr«, entgegnete ich.

Am nächsten Tag, dem 28.06.2002 setzte ich den Antrag auf und wir fuhren damit zum Amtsgericht Magdeburg und meldeten Insolvenz an. Diesmal wussten wir, dass es sicherlich keine Rettung geben würde. Aber ein Funke Hoffnung blieb! Die stirbt zuletzt.

Wie geprügelte Hunde traten wir den Heimweg an. So langsam war ich noch nie mit dem Auto von Magdeburg nach Halberstadt gefahren. Als wir wieder zu Hause ankamen, informierte ich erst einmal die wichtigsten Geschäftspartner und die Hausbank und natürlich auch die Belegschaft über den Insolvenzantrag. Die Arbeitnehmer hatten bereits geahnt, dass es so kommen würde. Die Stimmung war auf dem Tiefpunkt angekommen.

Der Belegschaft sagte ich natürlich, dass Hoffnung bestünde und dass wir nach Alternativen suchen würden. Aber so recht daran glauben konnte auch ich nicht. Die Zeit war gegen uns und ich war ausgebrannt. Es dauerte etliche Tage und nichts tat sich. Es kam kein Insolvenzverwalter, eine unmögliche Situation! Also fuhren wir wieder zum Amtsgericht nach Magdeburg, um nachzuforschen, was los war. Der Richter eierte rum. Dann endlich, nach Stunden des Wartens, wurde ein Insolvenzverwalter bestellt, Herr Rechtsanwalt Wanne. Wir verständigten uns kurz vor Ort mit ihm. Als er kam, hatten wir beide kein gutes Gefühl. Kleiner Mann, fahrig, aber jung und dynamisch. Ich erklärte ihm kurz unsere Situation. Er fragte, ob wir eine Sanierung anstrebten. »Das hatten wir schon«, antwortete ich. »Wenn es möglich ist, ja. Wir würden es schon wollen.« Er sagte zu, dass er am nächsten Tag den Betrieb aufsuchen werde, um sich ein Bild zu machen und dass er die Belegschaftsversammlung durchführen werde. »Dann werden die weiteren Schritte abgestimmt.«

Vorläufige Insolvenz – die zweite

Am folgenden Tag erschien der Insolvenzverwalter mit einigen seiner Mitarbeiterinnen in der Firma. Er zeigte sich angetan von dem Betriebsobjekt. Dann führte er die Belegschaftsversammlung durch.

Es ging ruhig zu, die Leute stellten Fragen, meist ging es ums Geld. Er nahm Unterlagen mit und sprach mit uns die Modalitäten der Zusammenarbeit ab. Der Geschäftsbetrieb lief weiter. Wir verkauften nach und nach alle Autos, ich hatte persönlich dafür gebürgt. Wenn sie sich nicht kaufen ließen, würde man mich in Haftung nehmen. Die Lücken auf den Stellplätzen wurden immer größer. Einige Mitarbeiter wollten Aufhebungsverträge und verließen den Betrieb. Die Auflösungserscheinungen waren nicht mehr zu übersehen.

Ich verhandelte inzwischen mit mehreren möglichen Partnern, um Teile des Unternehmens zu retten. Wir hatten noch einen Trumpf in der Hand. Das Grundstück gehörte unserer **GbR (55)** Verwaltungsgesellschaft und die war nicht in Insolvenz. Aber diese GbR war von der Autohaus GmbH und deren Mietzahlungen abhängig, denn dort wurden die Tilgungen geleistet. Auch hier drängte also die Zeit. Ein möglicher Partner war Herr Drache. Er war Gutachter und wollte mit uns den **ADAC(56)-Betrieb** weiterführen. Wir merkten aber bald, dass er uns nur als Marionetten brauchte, bis er den Vertrag hatte. Ein weiterer möglicher Partner war Herr Knoff, ein bekannter Opel-Händler. Der wollte gerne den Markt Halberstadt. Doch Opel hielt an seinem Nordharzkonzept fest und deshalb sollte Wernigerode den Markt Halberstadt übernehmen. Doch Wernigerode war nicht solvent dafür. Sie versuchten gerade selbst, sich zu sanieren. Also wieder viele Varianten und keine Lösung in Sicht.

Die Tage vergingen und wir wussten, Anfang August musste die Insolvenz eröffnet werden. Und dann würde es ganz schwer werden, noch Lösungen zu finden und wieder hochzukommen. Es war wieder Ferienzeit und viele Entscheidungsträger waren nicht erreichbar, also eine ganz, ganz schlechte Situation für Verhandlungen.

Am 8. August war es dann so weit, das **Regelinsolvenzverfahren (57)** wurde eröffnet, damit waren wir raus als Geschäftsführer des Autohauses, auch Pape wurde entlassen. Die Mitarbeiter erhielten ihre Kündigungen, bis auf ein paar, die für die Abwicklung gebraucht wurden. Der Anfang vom Ende wurde Realität. Uwe Schmidt und ich erhielten einen befristeten Arbeitsvertrag, der Insolvenzverwalter brauchte uns zur Abwicklung der Firma.

Die Regelinsolvenz

Die Mitarbeiter, denen gekündigt worden war, wurden sofort beurlaubt. Es sah traurig aus – kaum noch Fahrzeuge auf den Stellplätzen, die Verkaufshalle war auch schon fast leer. Nach 13 Jahren so etwas! Unfassbar! Das tat weh! Die Kunden, die noch zur Reparatur kamen, sahen das natürlich auch, viele waren betroffen. Aber der Geschäftsbetrieb lief noch, wenn auch auf Sparflamme. Die Variante mit Drache hatten wir abgehakt. Knoff versuchte, an die Hausbank heranzukommen. Die aber blockte alle Interessenten ab, schien eine eigene Variante der Übernahme zu planen und hatte wahrscheinlich einen Investor. Das würden wir bald erfahren, Gerüchte gab es schon genug.

Am 2. September informierte mich die Hausbank, dass ein Herr Stegemann sich bei mir melden würde. Er werde von der Bank favorisiert, das Grundstück zu kaufen. Nun war es raus. Aber wer war Stegemann? »Herr Stegemann wird sich mit Ihnen in Verbindung setzen. Mehr Geld bekommen Sie von niemanden«, sagte er weiter. Also versuchte ich Erkundigungen einzuholen, denn Stegemann war mir nicht bekannt. Ich bekam auch bald Informationen. Stegemann, 28 Jahre alt, war Gebrauchtwagenhändler ganz in meiner Nähe. Na ja, ich musste mir mein eigenes Bild von dem Mann machen. Dieser Stegemann meldete sich dann auch bald bei mir. Ein junger Mann, lange Haare, nicht ungepflegt, aber etwas hölzern. Er sagte, dass sich ein Traum für ihn erfülle. Er habe schon immer ein Auge auf dieses Haus gehabt und wolle es kaufen. Die Hausbank sei in seiner Schuld, meinte er.

Dann übergab er mir den Entwurf eines Kaufvertrages zum Erwerb des Grundstücks. Gebot: über eine Million Euro. Ich war baff!

Damit konnten wir unsere Kredite tilgen. Die bisherigen Gebote für das Grundstück lagen bei der Hälfte dieser Summe. »Sie müssen in die Hufe kommen!«, sagte er. »Die Hausbank will, dass das schnell über die Bühne geht, und mein Angebot gilt nicht ewig.« – »Ich werde den Vertrag meinem Anwalt zur Prüfung übergeben«, antwortete ich. Es gäbe nichts zu verhandeln, meinte er. »Toller Typ«, dachte ich, »markiert den harten Geschäftsmann und scheint sich seiner Sache aber sicher zu sein.« Dann verabschiedete er sich und ging mit stolzgeschwellter Brust.

Ich informierte Knoff, den Opel-Händler, und nannte ihm Stegemanns Gebot. Auch er war baff. Wo hatte der das Geld her? Knoff versprach, noch einmal zu rechnen und mit seiner Bank zu sprechen, ob er mithalten könne. Nun blieb uns nur noch die Hoffnung, den ADAC auszugliedern und über eine neue Firma fortzuführen, denn ich bezweifelte, dass Knoff über das Gebot gehen konnte und wollte. Wir hatten diese neue Variante vorbereitet. Uwe Schmidt, ein neuer potenter Investor und ich wurden Gesellschafter dieser neuen Firma. Damit konnten wir auch Arbeitskräfte übernehmen. Die Gründung erfolgte am 16. September als KSN Autohilfe. Der ADAC hatte zugesagt, uns den Vertrag zu überlassen, wenn wir Mehrheitsgesellschafter blieben. Jetzt mussten wir uns drehen. Wir brauchten vom Insolvenzverwalter die Zusage, die Abschleppfahrzeuge des Autohauses kaufen zu können. Geplant war, dass wir einen Raum im Autohaus mieteten, wo wir die kompletten ADAC-Leistungen anbieten konnten. Also versuchte ich, mit dem Insolvenzverwalter über den Kauf zu verhandeln. Dieser ließ sich aber immer verleugnen. Auch auf ein schriftliches Kaufgesuch reagierte er nicht.

Dann bekam ich mit, dass Stegemann bereits mit ihm verhandelte. Die Fahrzeuge konnten wir also vergessen. Eines Tages erhielt ich einen Anruf von Stegemann. Er fragte, ob es klarginge mit dem Notartermin am Nachmittag. »Was für ein Termin?« Ich war verblüfft. »Sie müssen doch so etwas mit uns abstimmen!«, sagte ich. »Außerdem können wir den Vertrag so nicht unterschreiben. Darüber müssen wir uns erst unterhalten«, meinte ich. Er war wütend. »Das lasse ich mir nicht gefallen! Ihre Hausbank hat es mir zugesagt!« – »Wir sind aber Ihr Partner!«, entgegnete ich. Er legte auf. »Unfassbar! Der macht einen Termin, ohne sich mit uns abzustimmen. Der hat es eilig!«, dachte ich.

Nach ein paar Tagen meldete sich Holzmann von der Hausbank bei mir. »Sie wollen das Angebot Stegemanns ausschlagen?« – »Darum geht es gar nicht«, entgegnete ich. »Er kann nicht einfach Notartermine machen, ohne uns zu fragen. Außerdem haben wir noch Änderungswünsche.« – »Gut, Sie hören von mir«, endete Holzmann. Ich fragte bei Knoff nach, wie es denn bei ihm aussehe, ob er noch interessiert sei. »Die Bank will unbedingt an Stegemann verkaufen und bei dem Preis bleibt uns nichts anderes übrig.« Er eierte rum: »Ich würde ja schon, aber der Preis!« Es war also klar, es gab keine Alternative zu Stegemann. Er würde der Käufer sein. Schließlich ging es darum, dass wir unsere Schulden loswurden.

Der Verkauf

Am 1. Oktober wurden Uwe Schmidt und ich zum Vorstand der Hausbank bestellt. Stegemann war mit seinem Steuerberater auch da. Dr. Bläser, der Vorstand, ließ gleich die Muskeln spielen. »Was fällt Ihnen ein, Bedingungen zu stellen? Sie kennen wohl nicht Ihre Situation? Wir erwarten, dass Sie den Verkauf nicht behindern, sonst ziehen wir andere Seiten auf.« So produzierte er sich. Ich ließ ihn reden und reden und blieb ruhig. »Niemand will etwas verhindern, aber es gibt immer noch Regeln!«, antwortete ich. »Lassen Sie uns über Inhalte reden!«, meinte der Steuerberater von Herrn Stegemann. Also gingen wir den Vertrag durch. Es waren keine grundlegenden Differenzen vorhanden, aber wir mussten auf der Hut sein. Jetzt kam es darauf an, keine Fehler zu machen. Der Steuerberater Stegemanns wirkte sehr souverän und bewegte sich in dem Arbeitszimmer Dr. Bläsers, als sei er dort zu Hause. Ging in dessen Abwesenheit an den Schreibtisch, zog Schubladen auf und zu. Auf jeden Fall hatte er Einfluss, das merkte man. »Den Mietvertrag mit Ihrer neuen Firma KSN können Sie vergessen!«, meinte Bläser. Ich erläuterte, dass es darum ging, den ADAC-Vertrag zu erhalten. »Das Grundstück muss frei sein für Herrn Stegemann.« – »Was ist mit den anderen Mietverträgen?« Es gab ja noch andere Mieter. »Die übernehmen wir, die stören nicht«, meinte er. Mir war klar, dass wir in diesem Punkt keine Chance hatten, uns durchzusetzen. »Gut, wir verzichten«, sagte ich. Es war sinnlos, noch lange zu diskutieren. »Wir müssen eine Ersatzlösung suchen, sonst ist dieser Vertrag auch noch weg!«, dachte ich. Dann sagte ich: »Ich bitte darum, dass alle unsere Kredite gleich mit dem Kaufpreis bedient werden und wir aus den Bürgschaften entlassen werden.« Das sicherte man uns zu und wollte es auch noch schriftlich geben. Also waren wir durch. »Jetzt unterschreiben Sie!«, meldete sich Bläser wieder. »Ja, beim Notar«, antwortete ich. Er kochte vor Wut. Dann musste er noch ein paar Blasen ablassen, aber das war den anderen auch schon peinlich. Irgendwie hatte der Mann Minderwertigkeitskomplexe, die er überspielen wollte. »Herr Stegemann ruft mich an wegen eines Notartermins und dann unterschreiben wir«, sagte ich. Wir verabschiedeten uns und wollten raus aus diesem Raum und aus der Bank, wo wir in den letzten Wochen so oft von Bläser gedemütigt worden waren.

»Es war ein abgekartetes Spiel, lange eingefädelt«, sagte ich zu Schmidt. »Wir haben keine Chance, aber unsere Schulden werden hoffentlich getilgt. Wir müssen jetzt versuchen, wenigstens den ADAC-Vertrag zu retten.« Am 2. Oktober unterschrieben wir beim Notar in Quedlinburg den Vertrag für den Verkauf des Grundstücks an Herrn Stegemann. Die Übergabe war für den 30. Oktober geplant. Am nächsten Tag erschien er im Objekt und bat um einen Schlüssel. Er wollte seinen Besitz in Ruhe anschauen und die Zukunft planen.

Er wurde etwas zugänglicher und meinte, wir könnten uns auch um die Werkstatt bewerben. »Geben Sie ein Angebot ab, dann werden wir sehen«, meinte er. Was war das? Ich traute der Sache nicht richtig, aber ein Angebot abgeben konnte man ja.

Man wollte an die Datei

Als ich am nächsten Tag in die Firma kam, merkte ich, dass etwas vorgefallen war. »Was ist los?«, erkundigte ich mich. »Die EDV ist tot, jemand muss versucht haben, in das System zu kommen.« Ich schaute mir die Sache an. Die Hauptrechner standen in einem separaten Raum, der immer abgeschlossen war. Die Anlage wurde nachts runtergefahren und die Daten wurden gesichert. Man sah, dass jemand mit Schlüssel drin gewesen war und versucht hatte, in das System zu kommen. Dabei war alles festgefahren. Es war klar, dass jemand an die Kundendatei unserer Firma wollte. Hier waren alle Kunden des Hauses mit allen erforderlichen Angaben, die ein Autohaus brauchte, gespeichert. Wer sie hatte, konnte damit einiges anfangen. Sie war Gold wert! Aber wer immer es gewesen war, hatte kein Glück gehabt. Es waren auch andere Räume inspiziert worden, das sah man.

Derjenige hatte es also eilig gehabt, alles zu sehen, denn er hatte ja den Schlüssel. Für die restlichen Tage war es unmöglich, an die Computer zu kommen, auch nicht mit Schlüssel. Wir hatten alles gut gesichert. Ich meldete den Vorfall dem Insolvenzverwalter nach Magdeburg, doch den interessierte das nicht sonderlich.

Wir hatten jetzt zwar eine neue Firma, aber kein Objekt und keine Fahrzeuge. Eine denkbar schlechte Ausgangssituation. Zunächst gab ich ein Angebot zur Anmietung von Räumen an Stegemann ab. Dann gelang es mir, über eine Firma, die ich kannte, zwei Abschleppfahrzeuge zu ordern – mit einem Rücktrittsrecht von einer Woche. Ich rief die Bank an. Sie boten mir tatsächlich ein Objekt an, das für unsere Zwecke passte. Also hatten wir noch eine Chance. Es war auch höchste Zeit, der ADAC wollte sich mit uns treffen, um endgültig zu entscheiden, ob wir den Vertrag bekämen. Stegemann erschien nach ein paar Tagen und teilte mir mit, dass er sich für einen anderen Mieter entschieden habe. »Der wird sicherlich auch den ADAC-Vertrag bekommen«, meinte er. Ich stutzte. Was sollte das? Dass er uns nicht nahm, war klar. Aber Drache sollte den ADAC-Vertrag bekommen? Was sollte das? Ich war sehr beunruhigt. Wir mussten mit dem ADAC sprechen. Der Vertrag für den **ADAC-Point (58)** war ja schon unterschrieben. Wir brauchten aber noch den Abschleppvertrag.

Dann trafen wir uns mit dem ADAC, zeigten ihnen das neue Objekt und die Fahrzeugbestellungen. Es war also alles für die Übernahme des Straßendienstvertrages getan. Doch die Herren zeigten sich sehr reserviert und wollten sich nicht äußern. »Wir melden uns«, sagten sie unverbindlich, dann trennten wir uns. Ich hatte kein gutes Gefühl. Hier stimmte etwas nicht! Am Tag danach rief ein Verantwortlicher des ADAC an und teilte mir mit, dass der ADAC sich nach Lage der Dinge für einen anderen Partner in Halberstadt entschieden habe. Auf meine Frage, ob das Drache sei, verneinte er. Der war aber der Auslöser für die Entscheidung gewesen. Drache hatte den Vertrag allein gewollt und der Zentrale mitgeteilt, dass wir, die KSN Autohilfe, gar keine Fahrzeuge hätten und auch kein Objekt. Deswegen die Entscheidung für einen anderen Partner in Halberstadt, man wollte kein Risiko mehr eingehen. Es täte ihm leid, wir seien immer ein verlässlicher Partner gewesen. »Wir haben aber den Vertrag für den ADAC-Point schon unterschrieben, was wird damit?«, fragte ich. »Die Entscheidung fällt in München und nicht in Hannover«, meinte er.

Ich versuchte noch einmal alles, aber es war zu spät. Hannover musste sich der Zentrale in München beugen.

Unterschriften sind manchmal nichts mehr wert. Das tat weh! Damit war die Firmengründung umsonst gewesen. Wir standen mit leeren Händen da und mussten die Firma so bald wie möglich wieder abwickeln.

Schlussakkord

Am **30. Oktober 2002** stellte das Autohaus Halberstadt, Opel-Vertragshändler, seine Tätigkeit offiziell ein. Wir hatten noch mit geholfen, die Unterlagen zu archivieren und aufzuräumen. Ich hatte noch einmal ein Video gedreht und das Ende dokumentiert. Alfa und Omega, Anfang und Ende! Ich hatte viele Episoden unserer Betriebsgeschichte gefilmt und das war nun der Schlussakkord. Dann übergaben wir die restlichen Schlüssel an Stegemann und verließen das Grundstück, auf dem wir so viele Jahre unser Herzblut gelassen hatten.

Natürlich denke ich noch einmal an die vielen schöne Stunden, die wir in diesem Hause erlebt haben, aber ich bin auch froh, dass es endlich vorbei ist – der Kampf, den wir nicht gewinnen konnten. Sicherlich werde ich dieses Gebäude nie wieder betreten, fahre aber oft daran vorbei. Die Mitarbeiter der Firma haben sich in alle Winde zerstreut, einige sind noch heute ohne Job. Mit dem Ende der Autohaus Halberstadt GmbH ist eine Menge Wissen und Können verloren, auch für den Kunden. Erst im Frühjahr 2003 konnte Opel den Standort Halberstadt wieder mit einem Händler besetzen. Dieser ging dann 2008 auch in Insolvenz. Viele unserer Kunden orientierten sich um und fahren heute andere Marken. Damit hat Opel es geschafft: Halberstadt ist Opel frei, wie viele Städte auch in Deutschland. Das so genannte »Olympia Projekt« von Opel, mit dem man das Vertriebsnetz straffen wollte, hatte doch nur Kreisklassenniveau und Opel steht 2009 selbst am Abgrund.

Für uns aber war das das Ende einer langen Odyssee endloser Kämpfe und Krämpfe, das Ende unserer Träume als Unternehmer in der freien Marktwirtschaft. Wir sind abgestürzt und aufgeschlagen nach einem langen schweren Flug. Das Tragische an einer Insolvenz ist, dass man alles verliert. Man steht finanziell vor dem Nichts und muss sich beruflich völlig neu orientieren.

Aber jedes Ende bedeutet auch einen neuen Anfang!

Nachwort

Wenn eine Existenz, ein Unternehmen mit einer Insolvenz endet, ist das wie bei einer unheilbaren Krankheit, die mit dem sicheren Tod endet. Du hast Angst davor, weil die Folgen Existenzangst, Schulden und Demütigungen sind. Nach diesem »Tod« aber musst du weiterleben. Oft stehst du vor dem Nichts! Aber das Leben geht weiter, es muss neu organisiert werden, eine neue Existenz ist aufzubauen. Zuerst denkst du, das ist eine Niederlage. Du hast versagt. So ist es auch, aber nicht nur! Bei uns war es besonders tragisch, dass wir uns mit dem Vergleich saniert hatten für die Zukunft. Der Hersteller aber gab uns keine Chance mehr, obwohl er eine erhebliche Mitschuld an unseren Problemen trug. Die Manager des Konzerns haben seelenlos gehandelt. So erging es vielen hundert Händlern in Deutschland, in Ost und West. Der Vertrag ist Planwirtschaft: Sie bestellen und du bezahlst. Immer und immer wieder, und wenn es schiefgeht, dann bist du der Depp. Pflichten, aber kaum Rechte sind für den Händler festgeschrieben.

Die fest angestellten Manager des Konzerns interessiert dein Schicksal nicht, du aber bürgst für alles als selbstständiger Unternehmer. Jetzt im Jahre 2009, da Opel selbst vor der Insolvenz steht, ruft man nach dem Staat, bittet um Hilfe. Hilfe, die man uns damals verwehrt hat. Wer fragt die Manager: »Wo liegt eure Verantwortung? Welche Schuld tragt ihr?« Niemand wird sie dafür haftbar machen, das ist der Unterschied. Ich bin der Meinung, hier muss sich grundlegend etwas ändern. Auch die Topmanager müssen in der Haftung stehen, dann würden viele Entscheidungen anders getroffen werden. Ich habe jetzt Abstand, aber ich beobachte mit Sorge, wie immer mehr Konzerne in Schwierigkeiten geraten.

Das ist nicht nur die Weltwirtschaftskrise, das ist das Krebsgeschwür der abgehobenen, geldgierigen und teilweise unfähigen Managergeneration, die unsere Wirtschaft ruiniert. Wenn ich Geld verwalte und ausgebe, was mir nicht gehört, habe ich keine Skrupel. Wir müssen endlich wieder zu unseren Stärken zurückfinden, weg von der Globalisierung zu gesunden, in der Größe überschaubaren Unternehmen, die in Branchen arbeiten, die sie verstehen. Wo Werte geschaffen werden und zählen und Partner Partner sind. Vertragspartner der Automobilhersteller dürfen nicht nur zum Erfüllungsgehilfen degradiert und durch Knebelverträge zur eigenen Kostensenkung benutzt werden. Die Händler verkaufen die Produkte. Sie sind Partner des Kunden. Sie müssen auch für ein schlechtes Image ihres Herstellers geradestehen, den Kopf hinhalten, wie es bei Opel jahrelang der Fall war. Man kann nur hoffen, dass hier eine grundlegende Wende in unserer Gesellschaft und Wirtschaft eintritt. Olympia war schon pervers – eine Sanierung des Konzerns durchführen zu wollen, indem man Partner vernichtet.

Sachwortverzeichnis

1 **Verkehrskombinat**
Die Verkehrskombinate sind vergleichbar mit einem Konzern.
Sie waren in den Bezirksstädten ansässig und dazu gehörten
Kraftverkehrsbetriebe und Kraftfahrzeuginstandsetzungsbe-
triebe.

2 **Kombinatsdirektor**
Das war der Chef des Verkehrskombinats. Ihm waren die Betriebsdirektoren der volkseigenen Betriebe unterstellt. Sein
Dienstherr war der Leiter der Abteilung Verkehr, des Rates
des Bezirkes.

3 **Betriebsdirektor des VEB**
Er war Chef des volkseigenen Betriebes und wurde vom KD
berufen.

4 **VEB Kraftfahrzeuginstandsetzungsbetrieb**
Das waren juristisch selbstständige Betriebe, einem Verkehrskombinat zugeordnet. Sie hatten ein großes Werkstättennetz
für Pkw-, Lkw- und Motorradreparaturen.

5 **SED Kreisleitung**
Das war die oberste Parteizentrale der SED in den Kreisen.
Sie hatte das Recht, in die Betriebsabläufe aller Betriebe ein-
zugreifen und den Leitern Weisungen zu erteilen.

6 **Ministerium für Verkehrswesen der DDR**
Das Ministerium war das übergeordnete Organ der Verkehrskombinate und aller weiteren im Verkehr tätigen Betriebe, wie
unter anderem Deutsche Reichsbahn, Binnenreederei.

7 **Rat des Bezirkes**
Der Rat des Bezirkes war das Regierungsorgan des jeweiligen
Bezirkes. Dieser hatte Fachabteilungen, wie zum Beispiel die

Abteilung Verkehr, die alle Betriebe plante, die im Verkehrswesen zu tun hatten.

8 **Produktionsgenossenschaften des Handwerks PGH**
Das waren Handwerksbetriebe, deren Mitglieder Miteigentü-
mer waren. Sie waren relativ selbstständig, wurden aber wiederum von der Abteilung Verkehr des Rates des Kreises geplant.

9 **IFA-Vertrieb**
Der IFA-Vertrieb der DDR war die einzige Organisation, die
mit Fahrzeugen handeln durfte. Hier bestellte der DDR-Bürger
sein Auto und wartete viele Jahre, bis er an der Reihe war.

10 **IM**
Informeller Mitarbeiter der Staatssicherheit, Spitzel. Diese
Leute waren in allen Ebenen der Gesellschaft eingesetzt, also
auch in den Betrieben. Sie berichteten regelmäßig ihren Füh-
rungsoffizieren.

11 **Treuhandgesellschaft**
Diese Behörde wurde in der DDR gegründet und diente unter
anderem zur Umwandlung der volkseigenen Betriebe in Kapitalgesellschaften. Die Treuhand war bis zur Privatisierung
Gesellschafter und Eigentümer.

12 **Absichtserklärung**
ist eine Form eines vorläufigen Vertragsverhältnisses.

13 **Umwandlung**
war die Wandlung der VEB in Kapitalgesellschaften. Es wurden Bilanzen erstellt, das Betriebsvermögen wurde bewertet,
Stammkapital gebildet, einer oder mehrere Geschäftsführer bestellt und die Gesellschaft in das Handelsregister eingetragen.

14 **MBO**
Management-Buy-out, Übernahme der Gesellschafteranteile
als Mitarbeiter.

15 **Regionalleiter**
stand der Region vor, die bis zu 20 Distrikte hatte.

16 **Distriktleiter**
Dieser hatte die Händler fachlich zu betreuen. Er überwachte die Erfüllung der Pläne. Es gab Verkaufs-, Service- und Garantiedistriktleiter.

17 **Bauvoranfrage**
Bevor ein Bauantrag gestellt wurde, konnte man bei der Behörde eine Voranfrage stellen. Damit erhielt man Informationen, mit welchen Auflagen man rechnen musste.

18 **Händlerzeitschrift**
Bei unserem Hersteller wurde zweimal im Jahr eine Händlerzeitung zu Werbezwecken erstellt. Seite 1 und 4 konnte der Händler für sich nutzen.

19 **CI**
Corporate Identity: Einheitliches Erscheinungsbild einer Firma. Es war Teil des Vertrages und musste genauestens eingehalten werden.

20 **Auto Präsentation**
Wenn neue Modelle vorgestellt wurden, geschah das nach einheitlichen Kriterien und Maßstäben zum selben Termin in ganz Deutschland. Diese Präsentationen waren mit einem erheblichen finanziellen Aufwand verbunden.

22 **Gesellschaftervertrag**
ist die Satzung der GmbH. In ihm sind unter anderem Name, Gegenstand und Sitz der Firma, das Stammkapital, die Geschäftsführung und vieles andere mehr geregelt. Es ist ein notarieller Vertrag, der beim Amtsgericht hinterlegt ist.

23 **Sagrada Familia**
ist eine Kirche in Barcelona von bizarrem Aussehen, an der seit Ende des 19. Jahrhunderts gebaut wird.

24 **Händler-Management-Planung**
Der Hersteller überlässt nichts dem Zufall. Es besteht eine eigene Abteilung, die sich mit der Bauplanung von Opel-Auto-

häusern und der Planung des künftigen Umsatzes der Händler beschäftigt. Diese Abteilung analysiert monatlich die Ergebnisse der Händler und erstellt die Jahresplanung.

25 **Großabnehmergeschäft**
Alle Hersteller haben Großkunden, die regelmäßig ein großes Volumen von Fahrzeugen abnehmen. Die Kunden erhalten Sonderkonditionen.

26 **DTM**
Deutsche Touren Meisterschaft, ein bekanntes Autorennen mit Serienfahrzeugen

27 **VIP**
Very Important Person: interessante und wichtige Kunden, zum Beispiel Politiker, Sportler und andere Exklusivkunden.

28 **NDW**
Neue Deutsche Welle, Musikrichtung, zu der auch Peter Schilling gehörte.

29 **Hersteller**
Produzent von Fahrzeugen.

30 **Marktanteil**
Anteil der Fahrzeuge nach Modellen, die eine Marke in einem Gebiet zugelassen hat.

31 **CC-Bank**
Vom Hersteller unabhängige Autofinanzbank.

32 **LKA**
Landeskriminalamt

33 **Notarielles Schuldanerkenntnis**
Urkunde, die vor dem Notar geschlossen wird und die den Gläubiger absichern soll.

34 **GM-Europe**
Die Europazentrale von GM in der Schweiz; dazu gehörte auch Opel.

35 **Wandlung**

Wenn ein Kunde mehrere Male erfolglos bei einem Neufahrzeug Mängel reklamierte, war er gesetzlich berechtigt, das Fahrzeug zurückzugeben.

36 **Area**
Händlermarktverantwortungsgebiet

37 **Kernhändler**
Dieser Händler war Haupthändler eines Gebietes.

38 **Lokalmatador**
Platzhirsch ohne den Status des Haupthändlers.

39 **Zweigbetrieb**
Ein einem Kernhändler zugeordneter Betrieb ohne Händlervertrag.

40 **ISO 2000**
Qualitätsmanagementsystem nach DIN ISO 9002 nach einer Gemeinschaftsinitiative der EU.

41 **Einkaufslinie**
Kreditlinie der Herstellerbank für den Händler zum Einkauf der Neuwagen beim Hersteller.

42 **Bürgschaftsbank**
Landesbank, die nach bestimmten Kriterien öffentlicher Förderprogramme Kredite an ansässige Unternehmen vergibt. Das Land tritt als Bürge auf.

43 **Gruppenfreistellungsverordnung**
Eine Verordnung der EU, die die Beziehungen zwischen Hersteller und Händler regelt. Bis zum Jahre 2002 durften Neuwagen exklusiv nur über autorisierte Händler verkauft werden.

44 **außergerichtlicher Vergleich**
Einigung eines Schuldners mit seinen Gläubigern über andere Rückzahlungsmodalitäten der Verbindlichkeiten als bisher vereinbart.

45 **Erträge**
In der Bilanz: Umsatz minus Wareneinsatz.

46 **Gentlemen's Agreement**
Engl.: Abkommen, Vertrag, per Handschlag geschlossen.

47 **Vorläufige Insolvenz**
Ein Unternehmen, das nachweislich überschuldet ist, stellt einen Antrag beim Amtsgericht auf vorläufige Insolvenzverwaltung.

48 **Hauptdistriktleiter**
Diesem waren mehrere Distrikte zugeordnet, er war dem Regionalleiter unterstellt.

49 **Leiter Händlerentwicklung**
Diese Funktion wurde bei Opel zur Umsetzung des »Olympia-Projektes« geschaffen.

50 **Bilanzen**
Jährliche Vermögensdarstellung eines Unternehmens mit Gewinn- und Verlustrechnung; muss von einem Steuerberater erstellt werden.

51 **Beirat**
Ein Gremium, das die Geschäftsleitung einer Firma begleitet und berät.

52 **GbR**
Gesellschaft bürgerlichen Rechts, eine Unternehmensform, in der alle Gesellschafter persönlich haften, auch füreinander.

53 **ADAC**
Allgemeiner Deutscher Automobil Club; dieser schließt mit Firmen Verträge, die für den Club Abschleppleistungen erbringen.

54 **Regelinsolvenzverfahren**
Nach dem Ablauf der vorläufigen Insolvenz übernimmt der Insolvenzverwalter die Firma.

Bildnachweis :

Foto Titel Cover: Autor
Foto Rückseite Cover: Foto Köpke jun. Halberstadt